KB058931

The Slave of the "Black Knights" is
Recruited by the "White Adventurer's Guild"
as a S Rank Adventurer

CONTENTS

4

"······저······
바보 같았어요······!"

깎아지른 듯한 절벽 너머는 끝없는 바다.

그 절벽 끝에 사랑스러운 소녀가 서 있었다.

그녀의 복숭앗빛 머리카락이

바람에 격하게 나부꼈다.

《아토우》
동화국을 통치하는 다섯 두임가의
일각 '제5두임가'의 당주. 유이의
집안과도 연관이 있는 듯한데…….

로로아
흑룡왕의 딸. S랭크 지정 구역 '흑룡의
둥지'에 산다. 지드와는 아는 사이이며
실력을 높이 평가하고 있다.

루이나
웨이라 제국의 여제.
실력주의자이며 유능한
인재를 좋아한다. 유이를
특히 염려하는 모양.

유이
웨이라 제국 제0군의 군장. 사상
최연소 S랭크 모험가였지만, 여제
루이나에게 스카우트되었다.

지드
크제라 왕국 기사단에서
스카우트된 S랭크 모험가.
카리스마 파티의 일원이며
마물의 마법을 다룬다.

커버 그림, 본문 일러스트 | **유우야**

제 7 장

복수는
푸른 바다를 넘어서

The Slave of the "Black Knights" is
Recruited by the "White Adventurer's Guild"
as a S Rank Adventurer

4

제1화 그녀들이 맡긴 것

"츄우~!"

의미를 알 수 없는 소리와 함께 실라가 눈을 감고 부드러워 보이는 분홍 입술을 내밀며 내게 다가왔다. 몹시 방심한 얼굴이었다.

나는 거리낌 없이 무방비한 얼굴의 이마에 딱밤을 날렸다.

마력을 담지 않은, 지극히 평범한 딱밤이었다. 그래도 딱 하는 소리가 났으니 그럭저럭 아플 것이다.

"하읏!"

실라가 양손으로 이마를 만지면서 주저앉았다. 역시나 아팠던 모양이다.

"뭐, 뭐 하는 거야~?!"

"내가 할 말이야. 너야말로 뭐 하는 거야?"

나는 쿠에나의 집 거실에서 실라를 바라보며 말했다.

날 마중 나온 붉은 머리 소녀──쿠에나를 따라 거실까지 가니, 구석에 숨어있던 실라가 날 덮쳤다.

과연 나도 남의 집에서까지 탐지 마법을 유지하지는 않기에, 사각에서 날아오는 이런 기습은 무섭기 짝이 없었다.

"그치만 그치만! 쿠에나한테는 키스해주고 나한테는 안 해줬잖아! 불공평해~!"

실라가 볼을 빵빵하게 부풀리면서 말했다.

아무래도 S랭크 시험 때 준 '상'에 불만이 있던 모양이다.

"그건 너한테도 해줬잖아."

"나한테는 이마에 해줬잖아! 쿠에나한테는 입술에 했고!"

불만스러운 얼굴로 딱밤으로 살짝 빨개진 이마를 강조하면서 말했다.

"아니, 그건……."

그건 의도하지 않은 사고였다.

뇌리에 그때의 모습이 떠올라 부끄러움에 말이 잘 나오지 않았다.

내 뒤에 있던 쿠에나가 분위기를 바꾸려는 듯 노골적인 헛기침을 했다. 그녀의 얼굴 역시 붉게 물들어 있었다. 나와 마찬가지로 부끄러운 모양이었다.

"실라, 그런 이야기를 하려고 지드를 부른 게 아니잖아."

"그건 그렇지만~, 치이―."

"자, 지드도 실라도 앉아. 어서."

쿠에나가 어떻게든 화제를 돌렸다. 다행이다.

실라가 달라붙는 건 내 심장에 나쁘다. 성격에 조금 독특한 구석이 있긴 하지만, 어쨌든 빼어나게 아름다운 사람이니…….

"그래서 용건이 뭐야?"

모두가 자리에 앉은 걸 확인하고 내가 먼저 말을 꺼냈다.

"그건 당사자가 설명해줄 거야."

"당사자?"

고개를 갸웃했다.

갑자기 다른 방에서 스피가 나타났다.

녹색 머리칼을 지닌 사랑스러운 소녀로, 나이가 나와 대략 10살 가까이 차이가 난다.

진·아스테라교를 이끌고 있으며, 최근에는 항간의 소문의 주제로 오르는 일이 많아졌다. 그녀의 활약과 영향력은 나날이 커지고 있다.

그녀는 양팔로 너덜너덜한 검을 소중히 들고 있었다.

"오랜만이네."

그녀가 뭘 말하려는지 대충 짐작이 갔지만 나는 먼저 인사부터 했다.

스피가 몸을 꾸벅 숙여 인사했다.

"오랜만입니다, 구세주님. 전에는 정말 감사했습니다."

여전히 나이에 걸맞게 약간 서투른 말투였다.

"됐어. 신경 쓰지 마."

"그 후로는 어떻게 지내셨나요?"

"뭐, 여러 일이 있었지."

그러자 스피가 놓치지 않겠다는 듯 바짝 다가왔다. 작은 체격과 어울리지 않는 무시무시한 압력이 느껴졌다. 분위기가 마치 사자 같았다.

"오오, 꼭 들려주셨으면 해요."

"……뭐, 그건 차차 나중에. 어차피 그 '검' 때문에 온 거잖아?"

그러자 정곡을 찔렸는지 스피가 움찔하더니, 마지못해 고개를 끄덕였다.

"네……. 그 말대로예요."

"어떻게 해도 내가 갖고 있길 바라는 거야?"

"네! 부디, 꼭! 지드 님이!"

이전부터 스피는 나에게 저 검을 넘기려고 했었다.

저 검에는 약간 복잡한 사정이 있다——고 하면 뭔가 저주라도 걸린 것 같군. 그게 아니고, 오래전에 용사가 들고 다녔다는 성검이다.

아무래도 스피는 나에게 용사의 적성이 있다고 생각하는지, 어떻게든 이 검을 나에게 넘기려고 했다.

"전에도 말했지만, 난 검을 다루는 법을 잘 몰라. 여관에 마땅히 놔둘 곳도 없고."

내가 묵는 여관의 주 고객은 모험가다. 모험가 중에는 하루 벌어 하루 사는 사람이나 유유자적하게 여러 나라를 방랑하는 자들이 있는데, 이따금 이들이 여행에 방해되는 짐을 멋대로 여관에 내버려 두고 나가는 일이 있다.

하지만 그런 물건들을 언제까지고 여관에 쌓아둘 수는 없는 노릇이다. 그래서 여관 측은 주인이 내버려 뒀다 싶으면 허락도 없이 물건을 정리해버린다.

꽤나 마음에 들었던 내 하얀 가면도 여관이 멋대로 버렸다. ……뭐, 모험가를 상대로 장사하려면 그 정도의 대담함은 갖춰야 겠지만.

"그럼 부디 갖고 다니는 것만이라도! 이 성검은 지드 님 곁에 있기만 해도 언젠가 각성할 거예요……!"

스피는 소리아와 마찬가지로 다망하다. 항상 검을 들고 날 따라다닐 수는 없다. 그래서 이런 부탁을 하는 거다.

아직 한참 어린아이가 이리도 부탁하니 참 갸륵했다. 나도 되도록 들어주고 싶은데…….

(하지만 말이지…….)

섣불리 받았다가 덜컥 잃어버리면, 스피에게 뭐라고 해야 한단 말인가.

그렇다고 해서 유용하게 활용하는 건 어려워 보인다. 이 검은 칼집부터 검에 이르기까지 모조리 너덜너덜해서 잘못 휘두르면 곧장 부서질 것만 같았다. 애초에 난 검에 익숙지도 않다.

(무슨 방법이 없으려나…….)

나는 팔짱을 끼고 곰곰이 생각했다.

새로 집을 구해서 거기다 둬……? 아니면 검을 수리해서 그냥 들고 다녀……? 차라리 검을 다룰 수 있도록 단련할까……?

흐음.

내가 좀처럼 답을 내지 못하고 있으니 실라가 손을 들었다.

"저기, 그럼 내가 맡아둘까?"

"그럼 그걸 보관하는 장소가 내 집이 되잖아."

쿠에나가 바로 딴지를 걸었다. 그러자 실라가 의아하다는 듯 고개를 갸웃했다.

"무슨 문제가 있어?"

"아니, 그렇게 하면 실질적으로 검을 맡는 건 내가 되잖아……. 뭐, 딱히 상관없지만. 여관보다는 내 집에 두는 편이 지드도 안심이겠지."

"저, 정말인가요?! 그렇게 해주시면 정말 고마울 거예요……!"

스피가 그렇게 말하면서 실라에게 '성검 같은 것'을 건넸다.

"응, 맡……."

실라가 검을 건네받은 순간 갑자기 말을 멈추었다.

"왜 그래?"

쿠에나와 의아하다는 듯 실라를 바라보며 말했다.

"그…… 내 안에 있는 사검이 알레르기 반응을 일으키고 있어."

그러고 보니 실라 녀석, 그런 걸 키우고 있었지.

이윽고 실라가 허리에 찬 검에서 검은 마력이 날뛰듯이 튀어나왔다. 검은 마력은 어쩔 줄 모르는 것처럼 허공을 둥실둥실 떠다녔다.

"실라, 괜찮아?"

"응. 나는 아무렇지도 않아. 조금 기묘한 느낌이 들긴 하는데."

이미 몸에 사검을 기르고 있는 녀석이 지금 와서 기묘할 게 더 있을까.

"안 될 것 같으면 그냥 나한테 넘겨. 어차피 나한테 왔던 부탁이고, 내가 어떻게든 할게."

"딱히 서로 반발하는 건 아닌 것 같으니까 괜찮아. 맡겨줘!"

실라는 그렇게 말하면서 커다란 가슴을 폈다.

나는 무심코 얼굴 밑으로 내려가려는 시선을 어떻게든 붙잡았다.

"그렇군. 그럼 부탁할게."

"후후~ 그 대신 자릿세를 받을 거야!"

"저기, 이 집의 주인은 난데?"

아니 뭐, 보관료를 내라고 할 수는 있지만, 그건 쿠에나의 말대로 집주인에게 줘야 하지 않을까.

그건가? 중개료 같은 건가?

"뭐, 좋아. 얼마야?"

"지드의 입술~!"

실라가 또다시 기습을 감행했다.

이 녀석이 진짜…….

"네가 S랭크가 되면."

나는 실라의 탱탱한 하얀 볼을 좌우에서 눌러 입술의 접근을 막으며 말했다.

"으우우!"

얼굴이 좀 이상해졌지만, 그래도 역시 귀여운 게 분하군.

◇

"그런데 스피와는 어떻게 연락한 거야?"

나는 둘만 남은 거실에서 차를 내오는 쿠에나를 바라보며 갑자기 떠오른 의문을 던졌다.

당사자인 스피는 이미 성검을 실라에게 맡기고 '전 볼일이 있으니 이만 실례하겠습니다……!' 하고 예의 바르게 인사하더니 차를 마실 틈도 없이 돌아가 버렸다.

실라는 방에 두러 자리를 비웠다.

"모험가 카드를 통해서 스피한테 연락이 왔어."

"어? 모험가 카드에 그런 기능이 있었어?"

나는 내 모험가 카드를 꺼내어 살펴보았다.

아무것도 변하지 않았다. 기능도 옛날과 같다.

"네가 발급받은 이후로 기능이 추가가 몇 번 있었어. 새 기능을 이용하려면 길드에서 모험가 카드를 새로 바꿔야 해."

"그랬구나……."

그러고 보니 그런 말을 들은 것 같기도 하고, 아닌 것 같기도 하고.

"나도 바꾸는 편이 좋으려나."

"그게 좋지 않을까. 한 번 받으면 이 기능들이 전부 무료니까."

숲에 살던 시절을 생각하면 도저히 상상할 수 없는 물건이다.

뭐, 마법 기술은 나날이 폭발적으로 발전하고 있다고 하니, 가까운 미래에는 더 발전해 있을지도.

"나는 모험가 카드로 뉴스를 보는 게 고작이었는데 말이지…….
연락 기능이 생기면 더 적극적으로 이용해봐야겠네."

"그러는 게 좋을 거야."

그때 쿠에나가 문득 생각났다는 듯이 말했다.

"뉴스라고 하니, 웨이라 제국이 또 새로운 전쟁을 시작했대."

"아아, 동화국(東和國)이랑 말이지?"

동화국은 대륙과 바다를 사이에 두고 있는 나라다.

대륙의 나라들과는 별로 인연이 없는 나라였는데, 이번 일로
뉴스가 크게 났다.

"응. 동화국이 유이를 노린 사건의 보복……이라는데."

이번 전쟁은 특히 발단이 세간의 눈을 끌었다.

동화국이 웨이라 제국의 장군급 인사인 유이의 암살을 시도
했다. 웨이라 제국에는 제법 중대한 사태일 것이다.

"대단하네. 웨이라 제국은 연전을 치르는 건데, 병사들이 용케
버티고 있어."

나도 예전에는 국가의 기사단에 소속되어 있었기에 군대의 사
정을 조금은 안다.

오랜 전쟁은 기사단의 사기 저하로 이어지고, 나라의 재정을
피폐하게 한다.

그런 점을 볼 때, 웨이라 제국의 행보는 특이하다고 할 수 있다.
싸움을 계속 이어가고 있는데도 몇 번이나 대승을 거두고 있다.

구 크제라 기사단에 재적해 있던 나로서는 어떤 상황인지 도무지 상상할 수가 없었다.

"그럴 만한 이유가 있으니까. 지금의 제국 사람들은 태어날 때부터 전쟁을 겪어 익숙하고, 병사들의 보수도 제법 후하거든."

"그래도 인적, 물적 자원이 무한하지는 않잖아. 특히 저번 마족과의 싸움에 전력을 쏟았으니 소모가 상당했을 텐데."

"이미 안정을 되찾았다는 거겠지. 평소처럼 전선을 다방면으로 전개하고 있잖아? 마족령 전선은 여전히 일진일퇴하는 상태라 방심할 수 없는 것 같지만."

딱히 전략을 잘 아는 건 아니지만, 웨이라 제국이 얼마나 강하고 능수능란한지는 어렴풋이 알 수 있었다.

내가 통치자가 됐을 때를 잠시 상상하니 아찔한 기분이 들었다. 웨이라 제국은 여기저기에 손을 대면서도 성과를 내고 있다. 동시에 내정에도 주의를 기울여야 한다. ……루이나가 용케 그걸 감당하고 있구나 싶었다.

"웨이라 제국이 동화국을 이길 수 있을까?"

"전력의 규모는 웨이라 제국이 웃돌아. 게다가 동화국은 지금 역병이 돌고 있는 것 같고."

"역병이 뭔데?"

"숲에서 살던 야생아 지드하고는 상관없는 것이지. 병이야, 병. 사람이 마법에 걸린 것도 아닌데 쇠약해지고, 그게 다른 사람에게도 전염돼."

"회복마법을 쓰면 되잖아."

"그 병에 통하는 마법이 있으면 그렇게 했겠지. 동화국의 역병은 십수 년 전부터 계속 돌고 있대. 너무 강해서 어떻게 할 수 없는 게 아닐까."

"흠······."

"뭐, 백신 관련은 나도 문외한이니까 잘 모르지만."

쿠에나가 어깨를 으쓱이며 말했다.

이래저래 큰일인 것 같네.

전염 가능성이 있다면 웨이라 제국도 접촉을 피하는 게 좋을 텐데.

하지만 그건 동화국이 다가오지 않는다는 전제다. 이야기로는 동화국이 먼저 유이를 노렸다고 하니, 전제가 성립하지 않는다.

웨이라 제국은 역병과 동화국을 한꺼번에 공략할 생각인지도 모르겠군.

"그럼 웨이라 제국은 동화국에 역병이 도는 걸 알면서도 뛰어드는 건가. 터프하구만."

"그게 그 나라의 장점이자 단점이지. 참 이상한 나라야."

쿠에나가 그립다는 듯이 말했다. 아마 복잡한 심경이겠지.

이 화제에 대해 파고드는 건 배려심이 부족한 일이려나. 쿠에나는 자기 의지로 웨이라 제국을 떠났으니까.

"그럼 나도 슬슬 갈게."

"그래. 실라가 돌아와서 시끄러워지기 전에 가는 게 좋겠다."

"내 얼굴을 볼 때마다 키스를 요구해댈 것 같으니까 말이지."

나는 어깨를 으쓱이면서 농담조로 말했다. 하지만 이건 실수였다.

곧장 쿠에나의 얼굴이 붉게 물들었다. 나도 뒤늦게 말실수라는 걸 깨닫고 시선을 돌렸다. 얼굴이 달아오르는 게 느껴졌다.

사고라고는 해도 우리는 입술을 포갰다…….

겉으로는 아무렇지 않은 척하려고 노력했지만, 떠올리기만 해도 두근두근 가슴의 고동이 빨라지는 건 어쩔 도리가 없었다.

"그, 그럼 간다."

"그, 그그그, 그래……! 빨리 가……!"

틀렸다.

이 상황은 굉장히 안 좋다.

집을 나서기 전에 마지막으로 본 쿠에나는 허둥지둥 양손을 휘두르면서 나와 마찬가지로 동요하고 있었다.

◇

귀가(라고 해도 여관이지만)하는 도중, 나는 문득 수상한 기척을 느꼈다.

그 기척은 거리를 두고 끈질기게 두고 내 뒤를 따라왔다.

이제 곧 해가 진다. 태양이 지평선 너머로 사라지기까지 몇 분이나 남았을까.

큰길을 걷는 중에는 그들도 쉽게 일을 벌이지는 못할 테지만…….

(……어쩔 수 없지.)

이대로 여관까지 끌고 간들 귀찮아질 뿐이다.

나는 탐지 마법을 써서 사람이 없는 뒷골목으로 들어갔다.

"나와라. 무슨 속셈이냐."

그러자 숨을 죽이고 있던 남자들이 모습을 보였다.

복장이나 용모는 평범한 사람들이었다. 이대로 거리에 섞여도 위화감이 없는 행색이었다. 위장 실력이 제법이었다.

"……목숨을 받아 가겠습니다."

추격자들이 동시에 단검을 꺼냈다.

익숙한 검이었다. 유이가 갖고 있던 것과 같은 모양이었다.

"기습이 아니라 일부러 말을 하다니, 친절하네."

바보같이 착실한 성격이라고 칭찬해야 할까? 이들은 날 죽이러 온 마당에 예의나 도덕 같은 것을 신경 쓰고 있는 듯했다.

상대의 수는 정면에 다섯, 뒤에 셋.

뒤에 셋은 여전히 기척을 숨기고 나에게 다가오고 있었다.

아무래도 그들을 눈치채지 못하도록 굳이 내게 말을 건 모양이다.

하지만 탐지 마법 앞에서는 무의미한 발악이다.

"큭?!"

"하각!"

나는 우선은 뒤에 있는 남자들부터 제압에 들어갔다.

관자놀이. 턱. 명치.

몸놀림은 어차피 내가 훨씬 빠르다.

나는 틈을 주지 않고 앞에 있던 다섯 명도 재빨리 쓰러트렸다.

딱히 약하지도, 강하지도 않았다. 길드의 랭크로 따지자면 C에서 B랭크 정도이려나. 베테랑 모험가보다 조금 나은 수준이다.

……아, 그 정도면 강한 편이려나.

뭐, 지금 그런 건 아무래도 상관없다.

"너희들, 왜 나를——."

"……아직이다."

네 명이 어렵게 다시 일어섰다.

기관을 압박하거나 급소를 찔러 제압했는데도 일어서는가.

얼굴은 괴로워 보였지만 의지는 아직 꺾이지 않은 듯했다.

한편 나머지 넷은 죽은 듯이 쓰러져서 꼼짝도 하지 않았다.

아니, 설마…….

일어선 네 명이 비틀대면서 단검을 나에게 겨눴다. 검에서 독으로 보이는 액체가 늘어지고 있었다.

"칫……."

내가 이번 일을 너무 가볍게 생각했다. 그 탓에 이변을 알아차리지 못하고 방치해버렸다.

어깻죽지, 무릎, 경추.

나는 이번에야말로 그들을 강하게 제압한 후, 놈들의 입에 거칠게 손을 쑤셔 넣었다.

"어억?!"

그러고는 곧장 어금니를 뽑았다. 불쾌한 소리와 동시에 피가
튀었다.

(역시…….)

뽑아낸 어금니에 무언가가 박혀있었다.

깨보니 보라색 액체가 걸쭉하게 흘러나왔다. 아마 독일 거다.

"이렇게까지 해서 너희는 뭘 하고 싶은 거지?"

난 바닥에 널브러진 남자들을 붙잡고 캐물었다.

어금니를 뽑은 넷은 숨이 붙어있지만, 다른 넷은 이미 죽었다.
독약을 혀로 꺼냈는지, 물어서 으깼는지, 어찌 됐든 독을 먹고 죽
었다. 몸부림조차 치지 않은 걸 봐서는 즉사성 독일 거다.

이들은 처음부터 죽을 각오로 날 공격한 거다.

"크윽…… 죽여라!"

"안 돼. 대답해."

이건 명백한 살의와 각오가 있기에 일어난 일이다. 즉, 단순한
살인 청부가 아니라 조직적인 범행이다. 당연히 배후가 누구인지
쉽게 실토하지 않겠지.

"……!"

남자는 죽어도 입을 열지 않겠다는 듯이 이를 꽉 물었다.

나는 이들이 했던 말이 문득 떠올랐다.

이들은 나를 덮치기 전에 굳이 날 노린다고 말했다.

그렇다면…….

"그냥 이유 없이 사람을 무차별하게 죽이고 다니는 놈들인가? 극악무도하게 짝이 없군."

"누가……!"

그 말에 놈은 날 노려보며 과한 반응을 보였다.

예상대로군.

아무래도 그들끼리 통하는 도리가 있는 모양이다. 단순한 무차별 습격은 그들에게 매우 불명예스러운 일인 거다.

남자가 이어서 말했다.

"우리는 동화국 사람이다! 우리가 노리는 건 오로지 네놈뿐이지, 무차별 살육을 하지는 않는다……!"

어쨌든 죽인다는 거잖아? 결국 잔악무도한 거 아닌가.

"그게 그거지. 난 평범한 일반인이야. 아무것도 모르고 죽을 뻔했다고."

"아무것도 모른다고?! 웃기지 마라! 네놈이 일반인이라니, 말도 안 되는 소리……! 네놈이 유이의 관계자라는 건 이미 알고 있다!"

"유이?"

"옛 5두임가의 생존자 유이 말이다! 모르는 척하지 마라!"

동화국과 전쟁 중인 마당에 그들과 관련된 유이라면 뭐, 틀림없이 그녀겠지만…….

그러고 보니 유이가 가족을 몰살당해서 복수를 바란다고 루이나를 통해 들었던가.

"뭐, 모르는 사이는 아니지. 근데 왜 유이를 노리지?"

"……놈들은 동화국의 '화(和)'를 어지럽히려 했다."

의외로 이유는 쉽게 자백했다. 그게 그들에게 그만큼 중요하다는 의미다. 이건 굳이 그를 몰아붙이지 않아도 대답해줬을 것 같다.

"그 '화'라는 게 뭔데?"

"……협조다. 너희처럼 서로 싸우기만 하는 대륙의 바보들과 달리, 동화국은 강한 결속으로 맺어져 있다. 이 결속으로 모든 어려움을 타파하는 게 바로 동화국이다."

"그렇군."

적당히 맞장구를 쳤지만, 솔직히 무슨 말인지 하나도 모르겠다. 난 그냥 그런 게 있다고만 생각하기로 했다.

그 이후로는 무얼 물어도 녀석은 대답하지 않았다. 이 이상은 내가 캐물어도 의미가 없을 것 같았다.

난 부패를 청산하고 얼마 전에 새로 결성한 왕국 기사단에 남자들을 넘겨주었다.

◇

동화국의 암살자에게 습격당한 날 밤.

내가 머무는 여관에 후드로 몸을 감싼 수상한 2인조가 찾아왔다.

노크 소리를 들었을 때는 또 누가 나를 노리러 왔나 했지만, 살펴보니 마력의 파장이 익숙한 사람들이었다.

내가 문을 열어주자 두 사람이 후드를 벗었다.

둘 다 아는 얼굴이었다. 한 명은 복숭아색, 또 한 명은 갈색 긴 머리.

"소리아, 필. 무슨 일이야?"

"어, 어어어, 어어. 안에 들어가도 되나?"

"뭐, 그래. 아무것도 없지만 일단 들어와."

"시, 시시시시, 실례할게요, 지드 씨!"

오랜만에 만난 소리아는 이전처럼 말을 더듬고 있었다.

하지만 더 이상한 건 필이었다.

"시, 시시시시, 실례한다."

필은 이전까지 내 앞에서 이런 증상을 보인 적이 없다. 대체 무슨 일이 있었던 거지.

난 일단 두 사람을 안에 들이고 침대와 의자에 앉혔다.

"그래서 무슨 일인데? 일부러 후드까지 쓰고 몰래 오다니."

"이, 이건, 그거다. 우리는 나름 얼굴이 알려졌으니, 평범하게 다니면 사람들이 금방 모여든다. 어느 정도는 숨기지 않으면 마음대로 다닐 수가 없다."

"그렇구나. 말투는 여전히 수상하지만."

이 근방은 가게들이나 여관, 민가들이 모여있다. 쿠에나가 사는 일등지 주변이라면 모를까, 이곳에서는 유명한 사람이 지나가면 금방 소문이 나서 사람이 모여들어도 이상하지 않다.

(그럼 이건 뭐야……?)

아까부터 필이 계속 내 시선을 피하고 있다.

이렇게 대화를 하고 있어도 영 엉뚱한 곳을 보고 있다. 얼굴은 또 왜 붉은 건데.

"야, 필. 너 왜――."

"크흠, 이만 본론으로 들어가지. 오늘은 중요한 이야기를 하려고 왔다."

내가 왜 시선을 피하느냐고 물으려 하니 필이 억지로 화제를 돌렸다.

"……무슨 이야기인데?"

그러자 소리아가 진지한 얼굴로 입을 열었다.

"아무래도 유이 씨와 관련된 사람들이 습격을 당하고 있는 것 같아요. 저희도 요전에 습격을 당했어요."

"어쩐지. 마침 나도 오늘 낮에 습격을 당했어."

"?! 괜찮았어요?! 다친 곳은……!"

소리아가 놀라서 내게 바싹 다가왔다.

상처에 대응하는 성녀의 본능 같은 건가.

"괜찮아. 상처 하나 없으니까. 오히려 놈들을 붙잡아서 기사단에 넘겼어. 몇은 자결했지만……."

"그렇군요……. 앗, 시, 실례했습니다……!"

소리아가 뒤늦게 나와의 거리를 깨닫고 한 발 떨어졌다.

……거리감을 모르겠네.

이럴 때 끼어드는 게 필의 역할이었는데, 오늘은 어째서인지 그녀도 서먹서먹했다.

어이, 필. 그런 소녀 같은 표정 짓지 마. 이쪽을 살짝살짝 엿보지 마. 얼굴을 빨갛게 물들이지 마.

이러는 이유는 모르겠지만, 예전의 소리아가 떠오를 정도로 중증이다.

"……대체 왜 그러는 거야, 너."

"아, 아무것도 아니다! 약속이라던가, 그런 건 상관없다!"

"약속……?"

난 잠시 기억을 돌이켜보았다.

"아~ 시험 때 말인가. 아니, 그건 말이지……."

『S랭크가 되면 키스를 한다.』

그건 쿠에나와 실라로 제한한 약속이지 너랑 그런 약속을 한 건…….

그러나 내가 뭐라고 하기도 전에 필이 검을 뽑아 들었다.

"시끄러워! 지금은 그런 건 아무래도 상관없잖아?!"

"음……."

"그렇게 아쉽다는 표정 짓지 마! 난 딱히……!"

필이 도중에 말을 삼켰다.

아쉽지 않을 리가 있나. 이대로 아무 설명도 못 하면 이 상태가 계속 이어질 텐데. 그건 싫다.

하지만 무시하고 입을 열었다가는 필이 이윽고 흉기를 휘두를 것이다. 그건 피해야 한다.

"뭐, 어쨌든 그것 때문에 날 걱정해서 여기까지 온 건 아니지? 그뿐이라면 모험가 카드로 연락할 수 있으니 말이야."

"네? 모험가 카드로 연락을 주고받을 수 있나요?!"

"응. 소리아도 몰랐어? 길드에서 최신 카드로 바꾸면 연락 기능을 쓸 수 있대. 쿠에나가 그렇게 쓰고 있었어."

이거, 나만 모르고 있던 게 아니었군.

뭐, 소리아 일행은 늘 바쁘니까. 모험가 카드에 신경 쓸 상황이 아닐 것이다.

"그럼 다음에 바꿔볼 테니 연락하게 해주세요……!"

"그래, 그때 시험해보자."

나도 어서 카드를 새로 만들어야겠다.

"……죄송합니다, 이야기가 새버렸네요. 사실 지드 씨에게 부탁이 있어서 왔어요."

"부탁?"

내가 묻자 소리아가 말하기를 망설였다.

말하기 어려운 부탁인가.

"유이 씨를, 아니, 웨이라 제국을 막아주세요."

"……왜?"

"웨이라 제국은 전쟁에 적극적인 나라예요. 웨이라 제국 휘하의 소국들도 이익을 얻기 위해 협조적인 자세를 보이고 있어요.

······하지만 다른 나라들은 사정이 달라요."

"뭐, 그렇겠지."

이미 전쟁에 휘말렸거나 언제 휘말릴지 모르니까. 상황은 알겠는데——.

"근데 왜 그걸 나한테?"

"오해하지 마라. 소리아 님도 어쩔 수 없이······."

필이 강하게 반론하다가 점점 목소리가 작아졌다.

"네. 저도 이건 지드 씨에게 부탁할 일이 아니라고 생각해요. 하지만 유이 씨는 카리스마 파티의 동료이기도 하니 '왜 당신들이 솔선해서 막지 않는 건가'라는 세간의 목소리가 나오고 있어요."

"······귀찮네."

굉장히 귀찮다.

난 인간관계에 소극적이다. 그래서 세간의 목소리와도 거리가 멀다.

하지만 전면에 서서 활동하는 소리아 일행은 세간의 목소리를 무시하기 어렵다.

"다들 이 사태를 어떻게든 해결해줬으면 하는 거겠죠······."

뭐, 이해는 한다. 성가신 일은 누군가가 대신 나서서 책임을 지는 편이 편하니까. 책임을 지우는 방향이 잘못된 것 같지만, 누가 어떻게든 해줬으면 하겠지.

하지만.

"거절할게."

난 이 부탁을 거절했다.

"내가 나서면 유이의 자유를 트집 잡는 꼴이 돼."

이 일이 큰 피해로 이어진다고 해도 내게는 막을 권리가 없다. 만약 카리스마 파티에 그런 의무가 있다면 나는 파티를 그만둬도 좋다.

"……알겠습니다. 저희도 같은 생각이에요."

약간 의외의 대답이었다.

그녀의 사고방식은 구세에 치우쳐 있을 줄만 알았다.

혹시 이 일의 끝에 유이의 구제가 있기에 동의한 건가?

"그럼 이 일은 미개입이군."

"……실은, 이 일과 다른 일로 지드 씨에게 부탁이 하나 더 있어요."

내가 결론을 내놓자 소리아가 새로운 부탁을 꺼냈다.

반응을 보아하니 아무래도 처음부터 내가 거절할 것을 알고 있었던 모양이다

"뭔데?"

"사실 얼마 전에 신성 공화국에서 특효약을 개발했어요."

"특효약?"

나는 익숙하지 않은 단어에 고개를 갸웃했다.

필이 옆에서 무뚝뚝하게 끼어들었다.

"동화국에는 오래전부터 역병이 돌고 있다. 신성 공화국은 그 병을 치료할 수 있는 약을 꾸준히 개발하고 있었지."

아아.

낮에 쿠에나한테 들은 이야기였다. 동화국이 약화한 원인 중 하나다.

"동화국은 역병 문제를 해결하지 못해서 아직도 병에 시달리고 있는 게 아니었나? 그걸 신성 공화국에서 용케 만들었네."

"사실 신성 공화국도 적은 샘플을 활용해서 특효약 오랜 기간 개발에 힘을 썼지만, 성과를 내지 못하고 있었어요. 더구나 동화국은 그리 가까운 나라도 아니다 보니 적극적인 지원도 없었지요. 하지만 이것 덕분에 큰 진척이 있었어요."

소리아가 작은 병을 꺼내 보여줬다.

엘프 마을에서 토룡왕에게 받은 신수의 수액이었다.

"그게 약 개발에 도움이 됐어?"

"제가 개발한 게 아니라 자세히는 모르지만, 수액으로 개발한 약이 몇몇 역병에 효과가 있다고 해요. 게다가 생산 단가도 높지 않아요."

"그 약이 동화국의 역병에도 효과가 있다고?"

"네. 정말 기적적인 타이밍이었어요."

소리아가 절실하게 말했다.

"아, 동화국의 암살자가 이미 대륙에 들어왔지."

"네, 적어도 수십 명은 바다를 건너왔겠지요. 만약 그들 중 한 명이라도 역병을 앓고 있다면 대륙에서도 감염자가 나타날 거예요."

"그럼 녀석들을 기사단에 넘긴 건 섣부른 판단이었나?"

"아뇨. 이 특효약은 이미 양산에 들어갔어요. 신성 공화국에도 충분한 양이 보관 중이니 만에 하나 유행하더라도 바로 대응할 수 있어요. 안심하세요."

소리아가 말하니 안심됐다. 정말 의지가 되는 동료다.

"그래서 그 특효약을 어떻게 할 거야?"

"옮길 거예요. 동화국까지."

"오……."

어떻게 될지는 모르겠지만, 그다지 쉬운 일은 아닐 것 같다.

그렇게 남의 일처럼 생각하던 나를 소리아가 현실로 돌려놨다.

"지드 씨에게 바로 이 약의 운반을 부탁하고 싶어요."

"내가? 동화국은 바다 너머에 있다고 하지 않았어? 난 수영 못 하는데."

"의외로군. 너한테도 약점이 있을 줄이야."

필이 어째서인지 기쁜 듯이 말했다.

아직 자리에 있었냐고 말하고 싶을 정도로 오랜만에 말했다.

"나라도 약점 정도는 있다고. 지금까지 줄곧 육지에서 살았으니 어쩔 수 없잖아. 발이 닿는 호수가 한계라고."

"아니, 귀엽다 싶어서. 그 약점을 아는 사람도 거의 없을 테고."

비밀을 공유한 느낌이라도 들었는지 필이 묘하게 친근하게 굴었다.

딱히 감추고 다니는 것도 아닌데.

"괜찮아요. 어차피 지금 동화국은 웨이라 제국과 한창 전쟁 중이라 바다로 옮기는 건 어려워요. 동화국의 경계도 삼엄할 테고요."

"음? 설마 동화국과 아무런 얘기도 안 된 거야?"

"네……. 애초에 동화국과 연락 수단이 없으니까요……."

교류도 없는 사람들에게까지 손을 내미는 건가. 대단하군. 소리아가 왜 성녀라 불리는지 알 것 같다.

"그럼 어떻게 전달하려고?"

"지드 씨의 전이 마법을 이용하는 거예요."

"전이 마법을?"

"지드 씨는 탐지 마법과 전이 마법을 조합하면 본 적 없는 곳에도 갈 수 있다고 들었어요. 부디 지드 씨의 힘을 빌려주세요……!"

"음……."

소리아의 말이 틀린 건 아니지만, 사실 전이 마법과 탐지 마법에는 조건이 있다.

우선 가장 먼저 궁금한 것을 물었다.

"대륙에서 동화국까지 거리가 어느 정도야?"

"마력 분사로 추진하는 선박으로도 며칠은 걸려요. 만약 걸어서 간다고 하면 몇 주 단위로 시간이 걸리지 않을까요……."

"흠……."

그만큼 먼 거리는 나도 전이해 본 적이 없어서 가능한지 알 수가 없다.

내 최고 기록은 전 마왕의 초대형 던전 최심부로 전이했을 때다. 하지만 소리아의 말이 사실이라면 직선거리는 그때보다 훨씬 더 멀다.

"어려운가요……?"

"그만한 거리라면 나라도 어려울지도……. 혹시 우회해서 몰래 운반하는 건 안 돼?"

"양이 많아요. 들키지 않고 갈 수 있을지 불안해서……. 그리고 동화국은 경계가 상당히 엄중해요. 우회해도 의미가 없을지도 몰라요."

"……그런가."

진짜 어떻게든 도와주고 싶은데, 방법이 없단 말이지.

"혹시 모르니 일단 전이를 시험해볼게."

"그럼 되도록 빠르게 부탁드릴게요. 이러고 있는 동안에도 약을 기다리는 사람들이 쓰러지고 있으니까요……."

"그래, 급한 일이지."

탐지 마법은 마력의 파동을 날려 그 반향으로 주위의 상황을 파악하는 기술이다. 설령 마력의 파도가 동화국까지 닿는다고 해도, 파동이 나아가는 속도에는 한계가 있다. 도착하기까지 그럭저럭 시간이 걸릴 것이다.

만약 탐지 마법이 동화국까지 도달조차 하지 못한다면, 소리아의 기대에 부응하는 건 어렵다.

소리아는 일각을 다투고 있다.

가능하면 확실하면서 빠른 게 좋다.

해운은 안 된다. 육지는 없다. 전이는 가능할지 어떨지 모른다.

"——아!"

문득 한 가지 묘책이 떠올렸다.

"왜 그러세요?"

"나한테 생각이 있어. 모험가 카드로 다시 금방 연락할게."

"네? 아, 알겠습니다……?"

결정했으면 곧장 행동이다.

난 방에서 나와 길드에서 모험가 카드를 새로 장만하고 목적지로 직행했다.

제2화 용의 회합

나는 홀로 걷고 있었다.

잘 닦인 길은 없지만, 짐승들이 다니는 길이 있어서 제법 편하게 나아갈 수 있었다.

짐승 길이라고 해도, 마물의 덩치가 상당한지 폭이 제법 있었지만.

(아니면 한 번 지나가기만 했는데 이렇게 됐다거나.)

나무들이 쓰러지고, 바위가 깨져 있었다.

마물의 맹위를 나타내는 듯한 난폭한 외길이었다.

무엇보다 무서운 것은 이런 길이 아무렇지도 않게 여기저기 있다는 사실이다.

S랭크 지정구역── '흑룡 둥지의 기슭'.

이곳은 주변보다 대지가 높은 고원이다.

이곳의 입구는 밖에서 보면 평범한 숲처럼 생겼는데, 사실, 여기는 한 번 헤매면 평생 나올 수 없을 정도로 광대하다. 크제라 왕국의 왕도보다 몇 배, 아니 몇십 배는 될 거다.

고지를 나아가 올려다보니, 주위를 둘러싼 거대한 산들이 눈에 들어왔다. 그리고 그 중 한가운데, 보기만 해도 숨을 삼킬 만큼 위압감을 지닌 아찔한 거대한 봉우리가 떡하니 버티고 있었다.

우렁찬 포효 소리나, 어떤 생물의 단말마가 메아리쳐 들려왔다. 워낙 우렁찬 탓에 천둥인가 싶을 정도였다.

(저기군.)

저곳이 바로 S랭크 지정구역인 '흑룡의 둥지'다.

'기슭'과 마찬가지로 S랭크지만, 사실 위험은 비교할 바가 못된다. 이곳은 그야말로 몇 년에 한 명이 찾아올까 말까 하는 수준이다.

그리고 내 목적은 바로 저곳이었다.

(응?)

갑자기 날 향해 살기가 날아들었다.

『그르르르르……!』

굶주린 듯한 사나운 마물이었다.

머리 측면에 두 개의 갈래 뿔이 있고 사족보행 하며, 몸통은 거무스름하고 딱딱해 보이는 두꺼운 가죽에 덮여있었다.

놈은 날카로운 엄니를 드러내고 침을 흘리고 있었다. 명백히 나를 노리고 있었다.

생명의 쟁탈전.

하지만 나는 이 광경에 묘한 향수를 느꼈다. 익숙한 '금기의 숲속'도 아닌데.

"덤벼라. 내가 이기면 내가 널 먹을 거다."

마침 배가 고팠다.

상대가 나를 노린다면 나도 상대를 노린다.

별로 맛있어 보이지는 않았지만, 과거의 경험이 독특한 풍미가 있을 거라고 내게 속삭였다.

그렇게 서로 노려보고 있으니 마물이 뭔가를 느꼈는지 눈을 크게 뜨더니 먼저 떠나갔다.

주위를 둘러봐도 눈에 띄는 건 아무것도 없었다. 하늘에도 이상은 없었다.

놈이 나보다 탐지가 뛰어난 점이 있다면, 사족보행이라 발밑의 기척에 더 민감하다는 정도이다. 즉 이변은 땅속…….

내가 시선을 땅으로 돌린 순간 땅이 부자연스럽게 부풀어 올랐다.

"안녕하세요~."

느닷없는 인사와 함께 땅 위로 파충류의 눈이 불쑥 모습을 나타냈다.

엘프 마을에서 만났던 그 용이었다.

"어라, 오랜만이네. 토룡왕."

"넵. 토룡왕 덴 등장입니다. 오랜만이네요, 지드 씨."

내 모습을 확인한 토룡왕이 땅에서 슬쩍 기어 나왔다. 용이 땅에서 올라왔는데도 놈이 빠져나온 자리는 몹시 평평했다. 꽤 흙을 파내는 요령이 좋네.

나는 뜻밖의 만남에 사정을 물어보았다.

"너는 왜 여기에 있어? 여긴 흑룡의 둥지잖아. 넌 토룡이고. 애초에 엘프 마을에 있지 않았어?"

내 질문에 토룡왕은 흑룡의 둥지를 바라보더니 내키지 않는다는 투로 대답했다.

"실은 100년에 한 번, 용이 모이는 시기가 있거든요."

"아, 어디선가 들은 적 있어. 그게 오늘이야?"

"딱히 정한 날이 있는 건 아니지만, 곧이에요. 이맘때 다들 모여서 축제를 벌이죠."

시시하다는 듯 어깨를 으쓱이면서 덴이 말했다.

마치 인간 같은 리액션이었다. 좀 재미있는데.

"축제?"

"넵. 각 색깔의 용족이 벌이는 진지한 배틀입죠. 항상 하는 야단법석 행사에요."

토룡왕은 그렇게 말했지만, 축제라고 하기에는 진심으로 귀찮고, 따분하고, 하기 싫다는 태도였다.

"음, 아플 것 같네, 진지한 배틀."

"하하, 꼭 남의 일인 것처럼 말씀하시네요……. 뭐, 그렇긴 한데……."

토룡왕은 기운이 쫙 빠진 것 같았다.

정말 우울해 보여서 동정하지 않을 수가 없었다.

"빠지면 되지 않아?"

"선대 토룡왕…… 뭐, 제 아버지입니다만, 그렇게 튀었다가 엄청나게 두들겨 맞았어요. 하하. 백룡이나 힘 있는 세력은 반격하며 치고받지만, 토룡은 힘들다⋯⋯."

"왜들 그렇게 싸우는데⋯⋯."

"용은 견줄만한 다른 생물이 없잖아요. 그러다 보니 다들 너무 심심해서 싸움이라도 하는 거죠. 오래 살다 보면 서로 쌓이는 것도 있을 테고."

그렇게라도 평화가 유지되고 있다면 다행인 것 같은데.

그 때문에 토룡왕이 희생되고 있는 건 약간 안쓰럽지만⋯⋯.

"그리고 왕끼리 서로 대면하는 것도 겸하고 있죠. 왕이 교대되어 무위를 자랑한다던가."

"그렇구나. 너도 무위를 자랑하는 게 어때?"

만약 토룡왕이 강함을 증명하면 이상한 축제에 억지로 불리는 일은 없을 것이다.

적어도 선대처럼 되지는 않겠지.

"아니요, 전 애초에——."

토룡왕이 말을 하다 말고 갑자기 하늘을 올려다봤다.

태양을 가릴 만큼 거대한 용 수백 마리가 이루어 상공을 날고 있었다. 역광으로도 알 수 있는 선명한 빨간색은 마치 분화한 화산을 방불케 했다.

드문드문한 행렬이지만 거대한 구름이 지나가는 듯했다.

"으게엑⋯⋯."

토룡왕이 눈과 볼을 움찔거렸다.

그때 가장 앞에서 날고 있던 제일 덩치 큰 녀석이 우릴 보고는 이쪽을 향해 강하해왔다. 다른 녀석들은 그대로 산을 향해 날아 갔다.

"여어. 덴!"

거대한 붉은 용이 근처에 착지하자 가볍게 땅이 흔들렸다.

"호드……. 제일 앞에서 날고 있었는데, 적룡왕이 된 검까?"

토룡왕의 말투가 왕답지 않았다.

아무래도 동등한 급에서는 본성이 드러나는 모양이었다.

일단 적룡왕이 더 젊은 것 같지만 행동을 조심하는 것 같지는 않았다.

"그래! 드디어 선대를 물리치고 나도 왕이 됐다! 봐라. 내 명령 으로 먼저 날아가는 적룡들을. 저들 모두가 내 부하다!"

아까 무리 지어 날고 있을 때, 한 마리 한 마리가 적당한 간격 을 두고 날고 있었다. 진형이나 대열 같은 건 없지만 분명 선두를 따라 비행하고 있었다.

다들 그 한 가지는 충실하게 따르고 있다.

즉 가장 선두에서 날던 이 용이 그들을 제어하는 적룡왕이라는 것이다.

"하하, 그렇습까."

토룡왕이 아무래도 좋다는 듯이 웃었다.

"그래서. 넌 뭐야? 다른 토룡 놈들은 어쩌고 있어?"

"아~ 우리는 현지 집합입죠."

"흠~."

적룡왕이 어딘지 깔보는 듯이 맞장구를 쳤다.

그리고 내 쪽을 힐끗 봤다.

"밥도 이것뿐이고. 토룡은 여전하군. 하하하!"

그는 그렇게 웃고 날아갔다.

토룡왕은 등을 지켜보면서 아무 말 없이 나에게 머리를 꾸벅 숙였다.

"죄송함다. 쟤들은 항상 저런 느낌이에요."

"아냐, 괜찮아."

적룡의 기질인가.

유쾌하지는 않지만, 섣불리 불을 붙이는 것보다는 낫다. 토룡왕도 입장이 있을 테고.

"그러고 보니 지드 씨는 왜 흑룡의 둥지에 있죠?"

나는 토룡왕과 함께 숲을 걸었다.

이 녀석의 기척은 거대하다. 게다가 다른 마물과는 비교도 안 될 정도로 강하다. 즉, 함께 있는 동안은 마물이 날 노리지 않는다. 편해서 좋군.

"그 왜, 흑룡왕의 딸. 로로아였나. 걔한테 인사하러 왔어."

"그럼 타이밍이 안 좋았네요~."

"나도 그렇게 생각하던 참인데……. 실은 급하게 부탁할 일이 있어서 말이야. 용의 힘을 빌리고 싶어."

나로서는 다음에 다시 찾아올 수도 없는 노릇이었다.

그 말을 듣더니 이번에는 토룡왕이 띵! 하고 반응했다.

"그렇다면 반대네요! 타이밍이 좋아요."

"음, 무슨 뜻이야?"

"이 축제에서는 다른 종족의 용이라도 명령할 권한을 얻을 수 있어요."

"명령?"

"네. 진지한 배틀을 제패한 종족이 뭐든지!"

"이러니저러니 해도 보상이 있구나."

그게 '명령을 내릴 수 있다'라는 추상적인 내용인 건 용족의 애교인 걸까.

하지만 동기 부여는 된다. 용들에게는 그것만으로 충분할 것이다.

"네. 물론, 말도 안 되는 명령이라면 한 번 더 배틀 개시지만요. 하하……."

전투중독자 같은 생물이네.

토룡왕이 계속해서 말했다.

"참고로 지난번에 우승한 흑룡왕은 금은보화를 요구했습니다. 실현 가능한 부탁이라 상당한 양이 모였어요."

"흐음. 용은 딱히 쓸 곳도 없을 것 같은데, 컬렉션 같은 걸 갖고 싶어 하네."

"속물이기도 하니까요, 용은."

토룡왕도 그렇고, 알면 알수록 친해지기 쉬운 것 같다.

"그래서 이번에는 지난번 승자인 흑룡의 둥지에서 축제를 여는데요. ……이야기가 샜네요. 그래서 타이밍이 좋다는 건 지드 씨에게 부탁이 있기 때문이에요."

"부탁?"

반대로 네가 부탁을 하는 거냐.

토룡왕은 꼬리를 흔들면서 긴장 반, 기쁨 반이라는 느낌으로 머리를 꾸벅 숙였다.

외모는 위압감이 느껴지는 용이지만, 내면을 알고 있어서인지 작은 동물처럼 사랑스러운 모습으로 보였다.

"——지드 씨, 토룡이 되지 않겠습니까!"

"……어, 토룡?"

"네, 부탁드립니다!"

예상치 못한 부탁에 잠시 정적이 흘렀다.

토룡왕이 진지한 건 알겠는데 말이지…….

"변화 마법은 본 적도 없고 쓸 줄도 몰라. 내가 토룡이 되는 건 좀 어려울 거 같은데."

"아아, 외모는 아무래도 좋습니다! 그냥 저희 진영에서 싸워줬으면 한다!"

"그거 괜찮은 거 맞아?"

"네! 어떤 종족이든 참전 가능합니다. 애초에 날뛰고 싶은 욕구를 발산하는 게 이 축제의 목적이라서!"

그렇군. 즉 이 축제에서 토룡 팀의 대표 선수가 되어줬으면 한다는 말인가.

아까 들었던 말로 보아 백룡은 이미 내뺀 것 같으니, 축제 자체가 상당히 자유로운 모양이다.

"그런 게 아니면 이런 바보 같은 축제를 할 이유가 없죠."

과연 그렇군.

심하게 자학하고 있지만, 토룡왕도 분명 원망 한마디 정도는 하고 싶을 것이다.

마지못해 참전하고 있으니까.

"하지만 소원을 말하는 건 왕이잖아?"

"아아, 제가 지드 씨를 대변하겠습니다. 어차피 원래부터 이길 생각이 없었으니, 딱히 소원도 없습니다."

"비굴하네……."

토룡왕이 억지로 웃으려다가 볼을 떨면서 흑룡으로 잘못 볼 정도로 어두운 오라를 발산했다.

그리고 확 밝아졌다.

"그리고 지드 씨가 있으면 올해는 호되게 당하지 않아도 될 것 같습니다!"

토룡왕이 들떠서 말했다.

감정 기복이 심한 녀석이다.

그런데, 인간에게 의지하다니…… 정말로 그래도 되는 건가, 왕의 일각이여.

(뭐, 내게는 기회인가.)

흑룡왕의 딸과는 인연이 있지만, 다른 용들과는 모르는 사이다.

이번 일에는 용이 많이 필요하다.

게다가 용은 자존심이 세다. 토룡왕도 지금은 제법 친근하게 굴고 있지만, 처음 만났을 때는 오만하고 고상하게 굴었다.

솔직히 나도 순순히 '부탁'만으로는 될지 어떨지 고민하던 참이었다.

아무래도 토룡왕의 제안을 받는 게 제일 나은 선택인 것 같다.

"그럼 네 제안을 받아들이지. 날 축제에 내보내 줘."

"네! 물론이죠!"

내 말에 야호~! 하고 기뻐하는 토룡왕.

쿵쿵 땅을 울리며 기슭을 흔드는 모습은 엄청난 존재감이 느껴졌다. C랭크에서 B랭크는 되는 마물마저 날아오르거나 달리거나 해서 도망쳤다.

그 후로 토룡왕과 한동안 함께 걸어 토룡이 모이는 기슭에 도착했다.

토룡은 하나같이 갈색이었다.

개체에 따라서 사막의 바짝 마른 모래 같은 옅은 색의 토룡도 있는가 하면, 늪지의 축축한 진흙 같은 짙은 색의 토룡도 있었지만, 어쨌든 흙색 계열이었다.

참 눈이 편한 색깔이네.

"뭐야. 내가 마지막인가."

토룡왕이 먼저 도착한 용들을 보고 말했다.

……얼추 30마리 정도일까?

적룡들과 비교하면 한참 모자랐다.

"뭐야아? 맛있어 보이는 인간족이 있잖습까. 이거 나눠 먹어도 됨까아?"

토룡 한 마리가 말했다.

몸집도 다른 용보다 컸다.

말을 늘어지게 했고 어딘가 위협하는 듯한 낌새였다.

"아, 그 사람은 나보다 강하니까 그만둬라."

옆에 있는 토룡왕이 타일렀다.

그러자 시비를 건 토룡이 바로 기민하게 자세를 바로 고쳤다.

"느아?! 죄송함다!"

아무래도 이게 본모습인 모양이다.

토룡은 얕보이지 않도록 자기보다 격이 아래라고 인식한 상대에게는 위협적인 모습을 보이는 것 같다.

"근데 왜 인간이 여기에?"

"그야 원군이지. 이 사람도 참전한다."

"지드다. 잘 부탁해."

이제부터 동료다.

토룡은 대충 A랭크 중위 정도의 힘을 가지고 있는 듯했다. 그래도 미덥지 않은 건 적룡의 수와 질을 봤기 때문일 것이다. 대놓고 말하는 건 잔인하니까 군이 입 밖으로 꺼내지는 않았다.

""""오오~.""""

토룡들이 나를 내려다보면서 놀라움을 표했다.

인간이 아닌데도 얼굴의 미묘한 차이를 알 수 있었다.

토룡왕보다 강하다고 해서 기대의 눈길을 보내는 자와 어쨌든 두들겨 맞으니까 아무래도 상관없다고 생각하는 것 같은 자가 있었다.

아까 시비를 건 녀석은 걱정스러운 표정이었다.

"괜찮을까요? 아무리 덴 씨보다 강하다고 해도 상대 또한 만만치 않은데요."

"이번에도 똑같은 면면들인가?"

"넵. 백을 제외하고 나머지 칠색의 용족이 모이죠."

"수는 어느 정도지?"

"각각 적어도 500 이상은 있죠."

토룡은 뿔뿔이 흩어져 생활권을 만들고 있어서 각지에서 모인다고 전에 들었다. 그래서 이렇게 현장에서 집합하는데, 오는 길에 다른 종족의 동향을 알아 온다고 한다.

싸우기 전부터 전의를 상실한 멤버가 있는 건 그런 이유 때문이다.

토룡왕이 귀찮다는 듯이 한숨을 쉬었다.

"왜들 그렇게 혈기가 왕성한 건지……."

"진~짜 동감입다……."

토룡들도 지독한 수난을 겪고 있다.

이런 곳에서 용족 내의 격차를 느끼게 될 줄은 몰랐다.

◇

우리는 산 정상까지 갔다.

산 중턱 근처부터 느끼던 건데, 이상하다고 해야 할까. 심지가 약한 사람이 보면 졸도하지 않을까 싶을 정도의 광경이 펼쳐져 있었다.

오른쪽을 보면 적룡 집단. 왼쪽을 보면 청룡 집단. 게다가 그 집단이 큰 무리를 이루어 줄지어 있으니 놀라웠다.

토룡들은 소수라서 다른 집단 사이로 조금씩 걸어갔다. 엄청 주눅이 든 것 같다.

가끔 적룡 측에서 조소와 매도하는 목소리가 나왔지만, 토룡왕은 대단한 박력으로 찍어 눌러 입을 다물게 했다.

(진짜 격이 아래인 존재에게는 위엄을 보여주는구나…….)

실제로 봐도 위엄이 있기는 한데, 마음속에 있는 본성은 어떻게 안 될까.

드디어 정상에 다다랐을 무렵에는 각 색깔의 용왕들을 필두로 여섯 색의 용족이 모여있었다.

흑, 자, 청, 적, 황, 녹으로 여섯 색깔. 그리고 토룡의 갈색을 더해 일곱 색깔이 되었다. 광경이 압권이다.

이런 광경을 볼 수 있는 자는 그리 많지 않을 것이다.

"이만큼 있으면 시작해도 되겠지."

엄숙한 저음이 울렸다. 그것만으로도 웅성거리던 용들이 일제히 입을 다물고 몸을 긴장시켰다.

태양을 잃은 대지라고 비유해야 할까.

아무튼 컸다. 그리고 거칠었다. ——바로 흑룡왕이었다.

지난번의 승자가 진행하는 방식인 걸까.

흑룡왕 옆에는 전에 본 모습이 있었다. 흑룡왕의 딸 로로아일 것이다. 아직 내가 여기 있는 걸 알아차리지 못한 것 같았다.

"규칙을 설명한다. ……그렇다고 해도, 저번과 변함없다. 어디까지나 힘겨루기다. 사망자를 낸 자는 죽인다."

난폭한 선고였다.

누구도 의의를 제시하지 않았다. 부정적인 발언이나 태도도 없었다.

분명 혼전이 벌어지겠지만, 사망자는 내지 마라——. 상당히 어려운 요구인데, 도를 넘지 않도록 못을 박아두는 걸지도 모르겠다.

유일한 규칙 설명이 끝나자 다들 긴장에서 해방된 것처럼 준비운동을 하며 누구를 노릴지 이야기했다.

그때 적룡왕이 숨을 크게 들이쉬고 호쾌하게 입을 열었다.

"나는 이 싸움에서 이기면 흑룡왕의 딸인 로로아를 아내로 받겠다! 그리고 흑룡을 통합하고 다른 용족도 통일하겠다!"

이 말에 모든 용이 아연실색했다.

하지만 적룡들만은 순식간에 환희의 외침을 질렀다.

"그리고오! 우리 적룡이 이 세상을 제패하는 것이다아아아아!"

"""우오오오오~~~~!!"""

적룡의 분위기가 달아오른 것을 보니 나도 모르게 한숨이 새어 나왔다.

"저렇게 의욕을 내면 꺾기 성가신데."

이렇게 목적의식을 가지고 있는 녀석일수록 오래 버틴다.

옆에 있는 토룡이 내 얼굴을 들여다봤다.

"지드 씨의 부탁은 급한 건가요?"

"그래. 별로 시간을 들이고 싶지 않아."

"어…… 그게, 사실 이 축제는 매번 일주일 정도를 들여서 안 쉬고 쭉 해요."

"……진짜?"

토룡왕이 싫지만 어쩔 수 없다는 듯이 고개를 끄덕였다.

억지로 참가했던 과거를 떠올렸을 것이다.

그나저나 일주일? 너무 성가시군.

여기 모인 용을 합치면 만 마리는 족히 되지 않을까. 한 마리를 쓰러뜨리는 것만으로도 엄청 힘든데.

"아! 지드!"

갑자기 누군가가 내 이름을 불렀다. 로로아였다.

무정하게도 적룡왕의 선언은 무시하고, 날 보며 나도 알 수 있을 정도로 생글생글 웃고 있었다.

"여어. 인사하러 왔어."

즉시 여러 용의 시선이 내게 쏠렸다.

신나있던 적룡왕이 눈을 번뜩이며 나를 노려봤다.

"어엉?! 네놈은 토룡왕의 먹이가 아니냐?!"

"어어, 일단 토룡 측에서 축제에 참전할 생각이야. 잘 부탁해."

적룡왕이 화가 났는지 이마에 핏대를 불쑥불쑥 세웠다.

이를 본 토룡왕이 '앗' 하더니 조언했다.

"모든 용왕을 쓰러뜨리면 금방 끝날 거예요."

"오호~."

그것도 쉽지는 않을 것 같은데. 하지만, 뭐.

"인간족 따위가아아! 호되게 당해도 난 모른——! 으헉?!"

나에게 다가온 적룡왕을 땅에 처박았다.

한 방에 KO가 났는지 적룡왕은 후둑후둑 모래 먼지가 날리는 땅속 깊은 곳에 처박혀 기절했다.

"아, 살기가 줄줄 새어 나와서 전투 개시인 줄 알고 그만……."

"규칙 설명이 끝난 시점부터는 언제든지 OK에요."

——토룡왕의 부연 설명과 동시에 용들의 싸움이 시작됐다.

싸움은…… 저녁때까지 이어졌다.

"흐하하하하핫!"

큰 웃음이 산속에 울렸다.

위장을 흔들 정도의 압력이다.

"즐겁군! 즐겁구나, 인간족! ——아니, 지드여!"

"……그거 고맙습니다."

흑룡왕의 외침이다.

아무래도 일주일간 싸운다는 말은 과장이 아닌 모양이었다. 적어도 수천의 용이 아직도 싸움에 몰두하고 있었다.

그중에서 왕은 적룡왕이 제일 먼저 탈락했고, 남은 건 청색과 자색, 황색과 녹색, 그리고 흑색이었다.

용왕끼리 싸워서 서로 체력을 깎았을 텐데, 이렇게나 길어질 줄이야.

이 녀석들의 강함은 차원이 다른 모양이다.

(언젠가 신성 공화국에서 싸운 마족이 생각나네.)

여러 사람의 마력을 빼앗은 남자가 보여준 범상치 않은 마력이 떠올랐다.

전투기술이 없어서인지 잘 다루지 못했지만, 그 심상치 않은 마력을 잘 다뤘다면 나라도 위험했을 것이다.

지금 그걸 떠올리는 이유는 하나.

(용족의 체력이 터무니없어…….)

적룡왕은 일격으로 쓰러뜨렸다. 하지만 그건 놈이 방심한 탓이다.

다른 용들은 어떤가.

"간다아아아!"

흑룡왕이 희희낙락하며 육박했다.

양 날개를 퍼덕이며 땅을 차니 숨도 제대로 쉴 수 없을 만큼 바람이 불어댔다.

거기에 덩치가 산만 한 거구가 정면에서 돌진해온다. 당연히 접근전은 압도적으로 불리했다.

"사식──【뇌퇴】!"

나는 그가 더 다가오기 전에 마법을 날렸다.

무식하게 큰 몸집을 덮을 정도의 마법은 만들어낼 시간이 없다. 그렇게 마력을 막 쓸 수 있을 만한 여력도 없다. 다른 놈들을 마저 상대하려면 낭비할 수 없다.

성인 남성 넷 정도의 크기. 흑룡왕의 이마를 칠 수 있을 정도의 크기였다.

보통이라면 이것만으로도 주택가 한구석에 큰 크레이터를 만들 수 있다. 그런데…….

"아프군, 아파! 핫핫핫하!"

(이 전투중독자…….)

흑룡왕은 마법을 맞고도 팔팔한 상태로 다가왔다.

이미 몇 번이나 내 마법을 맞았는데도 이렇다.

마법만으로는 제압하기 어려웠다.

"우오오오오! 지이드으~~!!"

"──읏!"

나는 달려드는 거구를 양손으로 눌러 막았다.

힘과 힘의 순수한 충돌이었다.

나는 온몸을 감싸듯이 마력을 둘렀다. 흑룡왕의 힘에 밀려 땅이 박박 깎여나갔다.

"내가 첫 일격으로 날려버리지 못할 줄이야! 이런 인간은 역대 용사 중에서도 없었다!"

"칫……!"

나는 흑룡왕의 돌진을 힘으로 억누르고 오른팔을 크게 들어 올려 힘껏 때렸다.

그러나 통하지 않았다. 너무 딱딱하다.

내 팔이 되려 튕겨 나왔다.

흑룡왕이 커다란 입을 열었다.

"──!"

브레스!

"전이!"

상공으로 피했다. 이동할 수 있는 곳이 거기밖에 없었다.

내 뒤에 나란히 줄지어 있던 산들이 브레스에 날아갔다.

내가 저걸 정면에서 막을 수 있을까. ……무서운 상상이다.

(지금은 그런 걸 생각할 때가 아니지.)

다시 한번 브레스를 날리려는 흑룡왕에 대응해서 나도 마법을 준비했다.

브레스는 마법이다. 입으로 마력을 쏘는 거대한 마법이다.

용이 가장 간단하고 빠르게 최대 위력을 방출하는 기술이다.

이 기술을, 깨부순다!

브레스도 결국 마력이 마법을 이루고 있을 뿐이다.

이에 맞설 내 기술도 간단한 응용이다.

브레스는 체내의 마력을 날리는 것과 똑같은 것이다.

그리고 마력은 마력으로 간섭할 수 있다.

마력끼리의 쌍소멸. 그걸 유도할 거다.

나는 왼팔을 앞으로 내밀었다. 여기가 축이다.

"오식——【격진】!"

분명 나 외에는 아무것도 안 보일 것이다. 아직 마법을 만들어 내기 전이라고 생각할 거다.

하지만 내 눈에는 확실히 보인다.

무색의 파도 형태 마법이 브레스를 향해—— 지상을 향해 나아가는 것이.

"아니?!"

흑룡왕이 내 마법을 인식한 것은 브레스가 흔적도 없이 사라진 타이밍이었다.

성공이다.

마법을 없애는 마법.

마력이 다른 사람보다 더 잘 보이기 때문에 할 수 있는 것.

하지만 여기서 끝이 아니다.

마력의 파도가 흑룡왕을 덮쳤다.

"오…… 오오?!"

흑룡왕의 거구가 흔들렸다.

서로 싸우던 다른 용왕과 용들도 하나같이 파도에 쓸려가듯 쓰러졌다.

격한 굉음이 울리던 전장이 시간이 멈춘 듯한 정적에 휩싸였다.

난 두 번째 효과의 성공을 확신했다.

용들 대부분이 바닥에 쓰러졌다. 물론 죽진 않았다. 몸속의 마력을 날렸을 뿐이니까.

(아니, 이 정도라고……?)

터무니없는 위력이었다.

솔직히 이렇게까지 효과가 있을 줄은 예상하지 못했다.

웨이라 제국군과 싸울 때 병사들에게 쓴 기술을 즉석에서 개량한 마법이다. 다른 마물로부터 베낀 것도 아니다. 그래서 이만한 결과를 낼 줄은 전혀 몰랐다.

……다음부터 오리지널 마법을 쓸 때는 시험해본 다음에 쓰자.

"지, 지드 씨이…….."

토룡왕이 한심한 목소리로 내 이름을 불렀다.

아무래도 이 녀석도 당한 모양이다.

"조금만 참고 있어."

쓸려나간 마력은 어차피 자연스럽게 회복된다.

그때까지 참으면 된다.

◇

그날 밤.

"으하하하! 정말 놀랐다고 지드 씨. 얻어맞았나 싶은 순간 의식이 날아갈 줄이야!"

적룡왕이 거대한 술잔을 들고 즐겁게 웃으며 말했다.

밤중이지만 주변에 커다란 등롱이 있어 시야는 밝았다.

용족 비전의 투명한 신주가 담긴 거대한 술통이 무수하게 운반되어왔고, 싸움을 마친 각색의 용들이 이를 열심히 마시고 있었다.

"그대가 기절한 사이 더 믿을 수 없는 일이 일어났다고."

얼굴이 붉어진 흑룡왕이 신주를 꿀꺽꿀꺽 마시고 그런 말을 했다.

"아아, 들었어. 마력을 날려버렸지? 나도 일어났다가 깜짝 놀랐지. 몸이 한층 더 나른해서 저세상에라도 가버린 줄 알았어! 헤헤헤!"

당했는데도 상당히 즐거운 듯하다.

전투의 승패는 별로 신경 쓰지 않는 걸까.

하지만 이렇게 원한을 남기지 않는 자세는 마음이 편하다.

"확실히. 역대 용사와는 비교가 안 되는 힘이야. 마족조차도 지드를 뛰어넘는 자는 없지 않았을까."

자룡왕이 말했다.

역시 수명이 긴 만큼 용들은 과거의 용사나 마왕과 비교했다.

하지만 그런 말까지 들으면 부끄러운데.

그건 그렇고…….

(…………)

몸이 뜨겁다.

그 원인을 만든 생물이 내 옆에서 얼굴을 들여다보듯이 하며 말을 걸어왔다.

"자자, 지드도 마셔."

뒷다리와 꼬리로 나에게 안기면서 앞발로 요령 좋게 술잔을 옮겼다.

흑룡왕의 딸 로로아다.

그녀도 취했는지 꽤나 심하게 들러붙는다. 용족의 체온은 인간보다 높은지 지금도 땀이 나올 정도로 몸이 따뜻하게 데워지고 있었다.

"……어, 어어."

입가까지 가져온 신주를 마셨다.

꿀꺽, 꿀꺽…….

강렬하고 깔끔한 끝맛에 머리를 때리는 듯한 도수.

그런데도 술술 넘어가니 난처하다.

쓴맛이 전혀 없어서 혀도 저항하지 않았다.

"……맛있네."

일단 그런 감상을 남겼다.

굉장히 고상한 풍미가 느껴진다.

다만 난 금기의 숲속에서 살았기 때문에 독소에 강하고 술에는 취하지 않는 체질이다.

물과 신주, 둘 중 어느 것을 마실 거냐고 물어본다면…… 난 분명 물을 고를 거다.

술에 취할 수 있다면 술을 고르는 녀석이 많겠지만.

"그거 잘됐네. 자, 레스로스 고기도 먹어. 내 브레스로 구웠어."

"어어……. 우물우물."

육즙이 넘치는 고깃덩이를 내 앞으로 내밀기에 먹어보았다. 맛있다.

조미료를 전혀 넣지 않아 고기 자체의 맛이 느껴졌다. 이건 내 입에도 맛있었다.

문득 로로아가 웃는 얼굴을 보여서 웃는 얼굴로 화답했다.

"에헤헤헤~."

로로아는 그렇게 행복하고 기쁜 웃음소리를 내면서 볼과 볼을 맞대고 문질렀다.

아무도 말릴 기색을 보이지 않았다. 토룡왕은 구석에서 몸을 움츠리고 술을 마시고 있었다.

"근데 이렇게 강한 인간과 아는 사이라니, 토룡도 제법이군. 다시 봤다고."

청룡왕이 그렇게 말했다. 목소리가 높은 걸 보면 암컷인 것 같다.

눈썹이 길고 요염하며 분위기나 몸짓도 왠지 인간 여성과 비슷했다.

"아…… 감삼다……. 하하."

"그런가. 그럼 다음엔 토룡의 거처에서 싸우게 되는 건가."

황룡왕이 생각났다는 듯이 말했다.

결과적으로 승리한 진영은 토룡 진영이기 때문에 자연스럽게 그렇게 된다.

토룡왕도 그건 알고 있었을 텐데…….

"예?"

전혀 예상하지 못한 것처럼 눈을 휘둥그레 떴다.

이 녀석…… 아무 생각도 안 한 것 같다.

실제로 토룡왕의 거처는 땅속이고, 지상은 엘프 마을이다. 토룡왕의 토지라고 하기는 어렵다.

무리를 짓지 않는 토룡이 광대한 토지를 점유하고 있다고 생각하기는 어렵다.

(뭐, 다음은 100년 뒤니까 어떻게든 하겠지.)

저질러놓고 모른 척하는 것 같아서 미안한 마음은 있지만, 나에겐 그런 장소를 제공할 수 있는 식견은 없다.

일단 머리에는 담아두자. 괜찮은 장소가 있으면 알려줘야지.

"그래서 토룡왕이여. 소원은 있는가?"

흑룡왕이 물었다.

왔다. 난 이걸 위해 싸웠다.

질문을 받은 토룡왕이 나를 봤다.

"그건 지드 씨가."

"음, 그런가. 그렇다면 인간족 지드여, 소원을 말해보아라. 여기 있는 모든 용이 응해주마."

"하하! 인간의 소원을 들어주는 건 전대미문이군! 하지만 그게 너라면 불만은 없다!"

흑룡왕의 말에 적룡왕이 수긍했다.

아무래도 소원을 말해도 좋은 분위기인 것 같다.

"아~⋯⋯ 그러니까──."

내가 소원에 2차전⋯⋯은 다행히 일어나지 않았다.

각 왕이 동의하고 내 소원을 들어주기로 했다.

제3화 바다 너머로

지드 씨로부터 연락이 온 건 여관에서 만난 지 사흘이 지난 뒤였다.

운반 수단을 준비했으니 웨이라 제국의 해안에서 만나자는 이야기였다.

"소리아 님, 곧 시간입니다."

"알겠습니다."

윤기가 흐르는 긴 갈색 머리를 한 갈래로 묶은 '검성' 필이 나를 재촉했다.

그녀 뒤에는 수백 명의 신성 공화국 기사단의 기사들이 마차를 끌거나 똑바로 서서 대기하고 있었다.

마차에는 금속제 용기가 쌓여있었다. 물론 안에 든 것은 그 특효약이다.

그 외에 장기체재용 텐트 등도 실려있었다. 요컨대 짐이 매우 많았다.

"그런데 녀석은 이걸 어떻게 옮길 생각일까요?"

필이 의문을 던졌다.

내 머리에 떠오르는 그럴싸한 방법은 여전히 처음에 생각했던 것뿐이었다.

"……역시 전이가 아닐까요?"

"저도 그럴 것 같습니다. 아마 다른 단원들도 같은 생각이겠죠. 지드의 탐지 마법과 전이 마법이 인간의 수준을 벗어났다는 건 주지의 사실이니까요."

크제라 기사단을 나온 후로 지드가 보여준 활약상은 이상하다고 해도 과언이 아니다.

사실상 크제라 기사단을 홀로 지탱하던 인재였으니, 당연한 일일지도 모른다. 그분은 좀 더 큰 무대에 서야 하는 사람이다. 그리고 나도 곁에…… 크흠.

나도 지드 씨의 활약을 들을 때마다 모험가 길드에 추천한 사람으로서 자랑스럽다. 내 일처럼 기쁘다.

……결과적으로 크제라 왕국이 한차례 붕괴했지만.

"늦는군요. 어디에도 안 보이는데…….."

필이 주변을 둘러보면서 그렇게 말했다.

해안 바로 앞은 평원이고, 수풀이나 숲, 산 등의 차폐물은 거리가 있는데도, 필의 말대로 그의 모습은 보이지 않았다.

"전이로 곧장 오시려는 게 아닐까."

그분은 그리 허술한 사람이 아니다. 예상 밖의 일이 일어나지 않는 한 지각하는 일은 없으리라.

"저, 저길 보십시오!"

그때 기사 한 명이 당황해서 소리쳤다.

이들은 온갖 전장을 전전한 강자이다. 어지간한 일이 아니면 이런 목소리를 낼 리가 없다.

기사의 시선을 따라 하늘을 바라보았다.

(⋯⋯?)

하지만 내 눈에는 아무것도 보이지 않았다.

하늘에 뭔가 있는가 싶었지만, 딱히 뭔가 있는 게 아니었다.

굳이 말하자면 비구름이 멀리 떠 있는 정도.

비를 대비해 텐트를 치도록 지시하려고 필을 보았다.

필 또한 깜짝 놀라고 있었다.

주변을 둘러보니 모든 기사가 경악을 감추지 못하고 있었다.

"⋯⋯소리아 님. 제 뒤에서 절대로 떨어지지 마십시오."

필이 굳은 얼굴로 검을 꺼냈다.

다른 기사들도 하나둘 무기를 손에 쥐었다.

"대체 무슨 일이야?"

"저기를 보십시오."

필이 손끝을 뻗어 상공을 가리켰다.

그녀의 손가락을 따라 시선을 옮겼지만, 필이 가리킨 곳에는 아까 본 검은 비구름이 있을 뿐이었다.

⋯⋯저기에 대체 뭐가 있다는 걸까.

그러자 필이 비구름을 노려보며 말했다.

"저건 용입니다. 보이는 것만 1,000마리를 족히 넘는 것 같습니다."

"……용?"

실감이 와닿지 않았다.

『용은 A랭크부터 시작한다.』──용의 강함을 묻는다면 이 말이 가장 먼저 나온다.

A랭크는 제법 강한 수준이지만, A랭크를 넘는 괴물은 그 이외에도 많으니 그다지 놀라운 일은 아니다.

하지만 용의 일화는 그렇지 않다.

『나라가 멸망했다.』

『적대 종족을 멸종시켰다.』

『신을 잡아먹었다.』

하나같이 이질적인 이야기들이 서적과 전설로 남아있다.

그리 먼 이야기도 아니다.

매년 어떤 나라가 용의 노여움을 사서 쑥대밭이 되었다는 소식을 한 번은 듣는다.

그때야 비로소 사람들은 용의 두려움을 깨닫는다.

용종은 아무리 약해도 A랭크, 보통이 S랭크다. 그리고 그중에서도 전설을 남길 만큼 강력한 용들은 특유의 색을 갖는다.

필이 열심히 살피는 건 색을 알아보기 위해서였다. 나도 똑같이 용들을 유심히 살펴보았다.

(색깔이…….)

검은색, 빨간색, 파란색── 전부 하나같이 색을 가진 용들이었다.

"이럴 수가⋯⋯."

왜 이런 일이 일어났는지는 이해할 수가 없었다.

만약 그들이 이쪽으로 날아온다면——.

나와 필, 신성 공화국 정예 수백의 힘을 모아도 S랭크에 육박하는 용 수천 미리를 상대할 수는 없다.

(틀렸어, 도망칠 수도 없어⋯⋯.)

설령 지금부터 마차로 전력으로 달린다고 해도 하늘을 자유롭게 나는 용을 따돌릴 수는 없다.

애초에 도망칠 곳도 없다. 마을로 간들 그들을 피할 수 있을까? 무고한 주민만 휘말릴 뿐이다.

어디로 가도 용을 떼어낼 방법이 없다. 웨이라 제국 방면으로 도망쳐도 결과는 마찬가지일 것이다.

그야말로 사면초가.

"⋯⋯엉?"

그때 갑자기 필이 얼빠진 소리를 흘렸다.

"왜, 왜?"

"그⋯⋯ 아무래도 용 위에 사람이 올라타고 있는 것 같습니다."

"사람이 용 위에?!"

필이 손으로 햇볕을 가려가며 그곳을 유심히 바라보았다.

이윽고 그녀의 표정이 경악으로 물들었다.

"서, 설마⋯⋯ 지드?!"

어⋯⋯ 지, 지지지, 지드 씨?!

◇

나는 소원을 말하라는 용왕들에게 처음 목적대로 특효약 운반을 부탁했다.

육로와 해로가 모두 마땅하지 않다면 하늘로 가는 수밖에 없으니까.

게다가 용의 전투력이라면 호위도 이보다 더 든든할 수가 없다.

"안녕. 많이 기다렸어?"

나는 로로아의 등에서 필 앞으로 뛰어내렸다.

다른 용들도 해변에서 입을 쩍 벌린 채로 멍하니 서 있는 신성 공화국의 기사단원들을 힐끔 쳐다보며 잇따라 착지했다.

"벼, 별로 기다리지는 않았어⋯⋯."

필이 말을 더듬으면서 말했다.

"넌 이제 슬슬 평범하게 말해라. 네가 대화를 정리 안 하면 늘어진다고."

"평범하게 말했잖아?!"

격한 반론이 돌아왔다.

소리아가 용들과 나를 번갈아 보면서 물었다.

"지드 씨! 혹시 지드 씨가 말씀하신 운반 방법이라는 게⋯⋯?"

"맞아, 이 녀석들의 힘을 빌릴 거야."

이 해변에는 각색의 용왕들이 모여있었다.

용이 너무 많은 탓에 착지하지 못하고 여전히 하늘을 나는 용이 있을 정도였다.

"넌 여전히 상식을 벗어나는구나……."

필이 긴장한 얼굴로 말했다. 용들을 경계하느라 긴장을 풀 수 없는 모양이었다.

문득 소리아 일행과 토룡왕의 시선이 맞았다.

"아, 안녕하심까……."

"엘프 마을에서 봤던 토룡인가."

"와아, 믿음직하기 그지없네요."

믿음직한가?

……아니, 뭐, 믿음직한가.

"야 야, 나의 지드한테 가까이 오지 마."

""나의?""

소리아와 필의 목소리가 겹쳤다.

두 사람과 로로아의 시선이 충돌하자 불꽃이 튈 것만 같았다.

지금은 사이가 틀어지지 않았으면 하는데.

"그래서, 뭘 옮기면 되지?"

흑룡왕이 내려다보면서 물었다.

내가 시선으로 짐마차를 확인하니 나무통 같은 생긴 단단해 보이는 용기가 실려있었다.

"소리아, 저 나무통이 특효약이야?"

"네! 맞아요!"

"흠……."

흑룡왕이 고개를 갸웃거리면서 짐마차의 내용물을 살폈다.

그리고 이어서 말했다.

"이 정도면 용의 수가 너무 많군. 우리 흑룡만으로도 충분하지 않았나."

"나도 이보다는 많을 줄 알았는데."

"죄, 죄송합니다……! 제대로 전하지 않아서!"

소리아가 머리를 꾸벅 숙였다.

"아니야, 내가 먼저 확인했어야 했어. 뭐, 손이 비는 용은 호위를 맡기면 되겠지. 길이 위험하잖아?"

"나도 그러는 게 좋을 것 같다."

필이 대답했다.

오, 평소대로 돌아왔나—— 하고 시선을 맞췄더니 여전히 눈을 피했다.

"호위도 중요하지만, 용이 너무 많으면 오히려 경계심이 강해지지 않을까요."

"도발이라고 오해할 수 있다는 건가? 그럴 수도 있겠네."

용은 한 마리만 있어도 다른 마물들이 피해 다닐 정도다. 그런 용이 떼지어 다가오면 누구든 경계하는 게 당연했다.

대화를 듣던 흑룡왕이 다른 용들을 보며 말했다.

"그렇다면 흑룡 이외는 돌아가는 게 좋겠군. 흑룡만 해도 1,500은 있으니."

"어이, 모처럼의 이벤트인데 우리더러 빠지라는 거야?"

"아, 그럼 저희 토룡은 돌아가겠슴. 지드 씨, 여러분. 나중에 또 봐요."

"기다려 인마. 너희 토룡이 이겼으니까 도와주게 된 거잖아."

적룡왕이 흑룡과 토룡에게 불평을 토했다.

용들 사이에 험악한 분위기가 흐르기 시작했다.

"그럼 어느 종족이 운반을 담당할지 여기서 정할까. '힘'으로."

청룡왕이 마침내 '그 말'을 하고 말았다.

용들이 충돌하기 직전, 소리아가 끼어들어 말렸다.

"죄송합니다. 그건 어느 정도가 지나면 끝나나요? 이러는 동안에도 병에 걸린 사람들이 괴로워하고 있는데……."

"인간족 따위가 참견하다니, 무슨 생각이지?"

적룡왕이 소리아를 노려보자, 필이 소리아 앞으로 나왔다.

"이 자식! 소리아 님에게——!"

"잠깐, 적룡왕. 나도 소리아와 같은 의견이야. 우린 서둘러야 해. 이번은 흑룡에게 양보하면 안 될까?"

"""끄으응……."""

다른 용들이 불만스럽다는 표정을 짓자 흑룡들은 득의양양한 얼굴로 다른 용들을 흘겨봤다.

무슨 어린애도 아니고 이런 걸로…….

하지만 토룡만은 전투에서 빠질 가능성에 안도하고 있었다.

토룡왕이 활짝 웃으며 다가왔다.

"지드 씨에게 도움을 주지 못하는 건 아쉽지만 저희는 이만 가 겠습니다! 볼일이 있을 때는 또 불러주세요!"

전혀 아쉬워 보이지 않는데.

뭐, 이 녀석도 내가 자기 성격을 잘 안다는 걸 알고 이러는 거 겠지.

게다가 지금까지 도움을 줬다.

"그래, 고마워."

"당치도 않습니다! 그럼~!"

토룡왕이 제일 먼저 자리를 떠났다.

이어서 여전히 아쉬운 듯한 적룡왕과 청룡왕이 몸을 일으켰다.

"먼저 흑룡부터 지배하려고 했는데 너라는 관문이 생겨버렸군! 다음에 또 상대해달라고!"

"그래. 일부러 와줬는데 미안해."

이윽고 해변에는 흑룡들만이 남았다.

"자자, 지드의 자리는 여기야."

로로아가 개처럼 앞다리를 세우더니 꼬리로 자신을 가리켰다.

유달리 덩치가 크고 섬뜩한 마력이 있어서 그렇지, 같이 있다 보면 강아지 같은 작은 동물을 상대하는 느낌이다.

"아, 저희도 함께 올라도 될까요? 가는 동안 이후의 협의를 하 고 싶으니……."

소리아가 손을 그렇게 말하자 로로아는 으르렁대며 무서운 눈 빛으로 위협했다.

"감히 인간 따위가 이 몸의 등에 타려는 것이냐……!"

소리아가 고개를 끄덕이면 당장이라도 물어서 죽일 것만 같았다. 그러자 어김없이 필이 관자놀이에 핏대를 세웠다.

"네 이놈! 협력해준다고는 해도 소리아 님께 무슨 말을 하는 거냐, 이 자식이……!"

이 광경을 본 흑룡왕이 로로아의 편을 들었다.

"로로아의 등에는 타는 건 지드만으로 충분하다. 대신 그대들은 지드와 아는 사이인 것 같으니 내 아내의 등에 타는 걸 허락하지."

흑룡왕이 자신 뒤에 있는 커다란 흑룡을 가리켰다.

아니, 이 녀석들은 덩치도 큰데 왜 사소한 거에 이리 집착하지?

소리아가 도움을 원하는 듯한 시선을 내게 던졌다.

"오늘 목적지는 나조차도 처음 가보는 곳이야. 가면서 가능한 소리아와 이야기를 해두고 싶어. 정말 안 되겠어?"

"""끄으응~~……."""

또 이런다.

이 녀석들, 이걸 좋아하는구나.

하나같이 싫다는 표정을 짓고 불평하면서도 어쩔 수 없다는 듯 로로아가 소리아 일행에게 등을 보였다.

"도중에 떨어져도 난 모른다."

"감사합니다."

필은 여전히 용들의 태도가 마음에 들지 않는 모양이었지만, 더 항의하지는 않았다. 이쯤이 적당한 타협이다.

나도 소리아를 따라 로로아의 등 위에 탔다. 곧장 까맣고 윤기 나는 비늘이 눈에 들어왔다. 하나하나가 크고 단단했다. 다행히도 손으로 잡을 곳이 있어서 생각보다 쉽게 등에 오를 수 있었다.

고개를 돌리니 뒤에서 병사들이 용에게 짐을 동여매는 모습이 보였다. 짐마차를 그대로 가져갈 수는 없으니, 짐을 어떻게든 용에게 묶어보려고 애를 쓰고 있었다.

모든 짐을 메는 데는 그리 많은 시간이 필요하지 않았다.

우리는 태양이 머리 위에 왔을 무렵, 동화국을 향해 출발했다.

귓가에서 공기가 휘오오 하고 요란하게 울어댔다.

용의 등에서 보는 경치는 평소에 보는 경치와 전혀 달랐다.

구름이 손에 잡힐 듯이 가까웠고, 땅은 등골이 오싹할 정도로 멀었다.

"이 정도 속도라면 오늘 안에 도착할 수 있겠군요!"

필이 얼굴로 몰아치는 바람을 손으로 막으며 소리아를 향해 소리쳤다.

……나에게 말할 때는 저렇게 정중하게 굴지 않는다. 소리아를 대할 때와 대우 차이에 약간 슬퍼졌다.

머리를 숙이고 필사적으로 로로아의 등을 잡고 있던 소리아가 소리쳐 대답했다.

"다행이네요……! 빠를수록 좋으니까요……!"

얼마나 걸릴 줄 몰라 먹을 걸 준비했는데, 먹을 틈도 없을 것 같다.

"그래서 소리아, 나랑 협의하고 싶은 게 뭐야? 동화국 일이야?"

"네……! 어쩌면 동화국 사람과 싸워야 할지도 몰라요……!"

바람이 강한 탓에 소리아가 어렵게 소리쳤다. 다행히도 또랑또랑하니 목소리는 잘 늘렸다.

"싸우다니, 무슨 소리야? 우린 도와주러 가는 거 아니었어?"

"소리아 님의 말을 벌써 잊었나? 동화국은 폐쇄적인 나라다. 연락을 취할 수단이 없어. 다시 말해 양해도 없이 가고 있단 말이다."

"뭐? 그럼 약은 어떻게 주려고?"

"병에 효과가 있다고 말하면……! 분명 받아줄 거예요……!"

소리아가 그렇게 소리쳤다.

글쎄……. 그리 쉽게 납득하려나?

"네가 의문을 가지는 것도 이해한다."

내가 필 쪽으로 시선을 돌리니 그녀는 어김없이 시선을 피했다. 젠장.

"동화국은 지금 웨이라 제국과 전쟁 중이다. 그들에게는 웨이라 제국이나 우리나 똑같은 대륙 사람이겠지. 어찌 되든 좋게 보지는 않을 거다."

"약이 좀만 더 빨리 나왔더라면 좋았을 텐데요……!"

지금이라도 돌아가는 게 좋지 않을까 하는 생각이 떠올랐지만, 곧장 그 생각을 버렸다.

이미 우리는 출발했고, 소리아는 내가 반대해도 어떻게든 동화국으로 갈 사람이다. 지금도 고통받고 있을 사람들을 그냥 둘 수가 없는 거다.

하지만 소리아의 이런 헌신적인 자세야말로 내가 그녀를 돕고 싶은 이유이기도 하다.

"어쩔 수 없지 뭐. 만약 싸움이 나면 내가 막을게."

"훗. 너라면 그렇게 말할 줄 알았다."

필이 멋을 부리면서 말했다.

하지만 시선은 여전히 날 피하고 있었다. 완강하게 시선을 맞추지 않을 모양이다.

"지드 씨…… 감사합니다!"

소리아가 내 손을 확 잡았다. 바람으로 차가워진 손이 미약하게 떨리고 있었지만, 차가워서 떨리는 건 아니리라.

시선을 옮기니 그녀의 얼굴도 약간 창백해져 있었다. 그녀의 눈가에는 눈물이 맺혀있었다.

뭐, 용의 등에 올라타 구름 속을 고속으로 이동하니 무서울 만도 하다. 애초에 전장이 될지도 모르는 곳에 가는 것이다. 신성 공화국의 정예가 있고 이런 일이 익숙해도, 마음속 깊은 곳에는 공포가 있을 것이다.

"그래."

나도 그녀의 손을 따뜻하게 데우듯이 양손으로 맞잡아 감쌌다.

소리아는 부끄러워하면서도 뿌리치진 않았다.

그러자 갑자기 옆에서 누가 손목을 홱 잡았다.

"어이, 소리아 님에게 너무 달라붙지 마라!"

필이 눈에 보이지 않는 분노의 불꽃을 태우면서 나를 째려봤다.

아무래도 소리아와 관련된 불평을 할 때는 나를 볼 수 있는 듯했다. 그런 요점을 벗어난 생각이 머리를 스쳤다.

"미안 미안."

그렇게 필의 불만을 흘리고 소리아와 얽혀있던 손을 뗐다.

문득 로로아와 용들의 대화가 들렸다.

강풍으로 정확하게 듣기는 어려웠는데, 아래를 보고 있는 듯했다.

"──싸우고 있나."

아래를 내려다보니 배가 눈에 들어왔다.

길드의 도서관에서 본 해상 이동, 운반, 전투용 배가 많이 있었다.

한 척에 수백 명은 태울 수 있고 선미에 달린 매직 아이템으로 추진력을 얻는 목조 선박이다. 매직 아이템이라 해도 바람 마법을 생성하기만 하는 단순한 구조인 듯하지만.

도서관에서는 추력 등을 위해 여러 궁리를 하고 있다고 적혀있었던 기억이 있는데, 내용이 까다로워 넘겨버렸다. 배의 형태에 그런 고안이 되어 있었던가.

지금 보니 어느 배든 선미에 까맣고 통 같은 형태의 물건이 다섯 개씩 달려있었다.

배에는 웨이라 제국 깃발이 나부끼고 있었다. 병사들이 익숙한 마법을 적에게 날리고 있었다.

"상대는 역시 동화국이군."

필이 웨이라 제국과 교전 중인 배를 응시하면서 말했다. 동화국의 배였다. 웨이라 제국과 외형은 비슷하지만, 선체의 색이 은색이었다. 아무래도 나무와는 다른 물질로 만든 듯이 보였다. 안쪽이 어떤 구조인지는 모르겠지만 모든 곳에 마력이 통하고 있었다.

……배가 통째로 하나의 매직 아이템인가?

동화국의 배는 웨이라 제국이 날린 마법을 흡수하거나 튕겨내거나 하고 있다.

"전황은 어떤가요……!"

소리아가 로로아의 등을 바라보면서 물었다.

높은 곳이 무서워서 아래를 볼 수가 없는 모양이다. 아니면 자칫 떨어질 걸 걱정하고 있거나.

"웨이라 제국이 열세인 것 같습니다."

필의 말대로 웨이라 제국은 열세에 몰리고 있었다.

웨이라 제국 측의 바다에는 부서진 배의 잔해가 수없이 흘러 다니고 있었다.

반대로 동화국은 배가 약간 파손된 정도였고, 침몰한 배는 없었다.

"역시 그런가요……."

소리아가 예상했다는 듯이 말했다.

쿠에나는 웨이라 제국이 유리할 것 같다고 했었는데…….

"웨이라 제국이 유리한 거 아니었어? 병사도 훨씬 많고 동화국은 역병이 만연해서 약해졌다고 들었는데."

"표면적으로 전해진 정보는 그렇겠지. 하지만 해상전 기술력과 경험은 동화국이 더 뛰어나다. 동화국은 섬나라니까. 동화국에 전염병이 돌아 약해졌더라도 웨이라 제국이 해상전에서 이기는 건 쉽지 않다."

"웨이라 제국 이곳 이외에도 전선을 펼치고 있어요. 유이 씨가 이끄는 제0군과 경험이 부족한 제10군, 제13군만으로는 이기기 어려워요……!"

"저길 봐라. 웨이라 제국의 배는 어업 등에 쓰는 선박을 개조한 거다. 공격 대부분을 병사에게 맡기고 있지. 지상에는 전략급 매직 아이템이 있겠지만, 해상에서 쓸 수 있는 무기는 갖고 있지 않아."

"아아, 그렇네."

"그에 비해 동화국의 배는 해상전을 위한 배다. 군함이라 불러도 손색이 없지."

"그렇구나."

내가 쿠에나에게 들었던 이야기와는 사정이 상당히 달랐다.

하지만 애초에 대륙은 동화국과 교류가 없으니 자세한 내막을 모르는 게 당연했다. 대륙에는 웨이라 제국에 형편 좋은 정보만

흘렀을 거다.

그렇기에 웨이라 제국이 동화국에 전쟁을 걸었지.

(……응?)

동화국 진영에 이변이 있었다. 상당히 어수선하게 후퇴하기 시작했다.

(혹시…….)

우리가 등장해서 전황이 바뀐 것 같아 조금 미안한 생각이 들었다.

그야 용들 자기들의 영토로 향하고 있으면 대응할 수밖에 없겠지…….

◇

웨이라 제국의 해군은 동화국으로 향하는 길목에서 발이 묶인 상황이었다.

"성가시군."

웨이라 제국 해군에서 가장 큰 배에 탄 여제 루이나가 중얼거렸다.

그녀 주변에는 경험이 풍부한 장교와 참모들이 자리하고 있었다. 유이도 루이나와 가장 가까운 곳에 앉아 거대한 해도를 둘러싸고 있었다.

빈자리에는 전신거울을 모방한 매직 아이템이 놓여있었다. 각

배 흩어진 지휘관들과 연결된 통신장치였다. ──지금은 최전선에서 전투 중이라 까맣게 물들어 있었고 음성도 없었다.

"해전 기술력에 큰 차이가 있습니다. 적선에는 마법을 마력으로 환원하여 흡수하는 매직 아이템이 설치되어 있지 않을까 싶습니다."

총명해 보이는 남자가 말했다.

그는 마법 기술 전문가로, 미지의 국가를 상대해야 하기에 특별히 데려온 사람이었다.

루이나가 그에게 물었다.

"대처법은?"

"매직 아이템이 흡수할 수 있는 마력 한계를 넘는 마법을 쏘면 방비를 뚫을 수 있습니다. 하지만 너무 비효율적이죠."

몸에 흉터가 많이 남아있는 역전의 장교가 이어서 말했다.

"아마 출격해 있는 각 군의 총 마력량을 합쳐도 부족할 겁니다. 미리 마력을 축적한 전략급 매직 아이템이 있어야 합니다."

그것이 요 며칠 동안의 전투 결과로 도출된 답이었다.

루이나가 눈썹을 늘어뜨렸다.

"이런. 이길 수 있다고 해서 내가 직접 나왔건만."

"……면목 없습니다."

여제가 굳이 직접 온 이유는 간단하다. 힘이 빠진 동화국에 쳐들어가 단숨에 종속시키기 위해서다.

그녀가 직접 나오면 병사의 사기가 크게 오르고, 군을 직접 이

끈 그녀의 명성도 오르며, 이는 웨이라 제국의 위신으로도 연결된다.

실제로 이전에 마족령을 침공할 때 현지에서 보인 여제의 씩씩한 모습은 크게 화제가 되었다.

하지만 그건 모두 승리했을 때 얻는 결과.

"이래서는 스스로 위험에 뛰어든 패배자 꼴이로군. ——하지만 거기에 집착해 쓸데없는 희생을 치르는 것이야말로 가장 피해야 할 진정한 패배지."

장군들은 모두 그녀의 말로 '철수'를 감지했다.

전황을 봐도 명백하고, 한 번 물러서서 정비할 필요도 있다.

웨이라 제국으로 돌아가면 이번 전투 데이터를 토대로 새 기술을 만들어낼 수도 있다. 머지않아 호각으로 싸울 수 있게 될 것이다. 웨이라 제국에는 그만한 인재와 자원이 있다.

그때, 예상치 못한 사태가 일어났다.

온통 검은색으로 물든 연락용 매직 아이템이 분주한 듯한 남자의 화면으로 바뀌었다.

"루, 루이나 님!"

"무슨 일이냐?"

"동화국이 진로를 바꿔 철수하고 있습니다!"

"……뭐야?"

적의 행동에 루이나 옆에 있던 장교들에게 동요가 일었다.

그러나 그 직후 더 충격적인 보고가 올라왔다.

"크, 큰일 났습니다! 상공에 용의 대군이――!"

웨이라 제국 병사가 비구름인 줄 알고 살펴보니 용의 무리였다
는 보고였다.

보고를 들은 루이나 일행은 직접 확인하고자 곧장 바깥으로 향
했다.

"이건……."

웨이라 제국 선단 전체에 그림자 지게 할 만큼 거대생물 무리
가 하늘을 높은 곳을 나는 압도적인 광경이었다.

너무나도 비상식적인 상황에 동화국을 추격하는 것도 잊고 모
두가 멍하니 하늘을 바라보고만 있었다.

그때, 유이가 용에 탄 사람을 발견했다.

"……지드."

보통은 용 위에 사람이 있다고 하면 환각을 봤다고 의심할 것
이다.

하지만 누구도 그녀의 말을 의심하지 않았다. 이 자리에 그녀
보다 시력이 뛰어난 자는 없다. 더구나 제국이라도 지드의 동향
을 항시 파악하는 건 아니었다.

결국 지드의 능력까지 고려했을 때, 유이의 말이 틀렸다고 딱
자를 수 있는 근거가 없었다.

그리고 그건 루이나도 마찬가지였다.

"후후……. 대체 어디까지 갈 생각이냐, 지드."

루이나는 가까이에서 몇 번이고 지드를 봐왔다.

그는 가는 전장마다 그가 있었고, 심상치 않은 상흔을 남겼다.

(이번에는 의도치 않은 도움을 받았군.)

놀란 건 잠시뿐, 루이나는 즉각 동화국의 동향을 파악하고 전군에 진군을 명했다.

◇

동화국은 강력한 다섯 가문이 영토를 나누어 지배하는데, 이 가문들을 동화국에서는 두임가(頭任家)라고 부른다.

그중 대륙과 마주 보는 해안을 지배하는 제5두임가는 바로 '아토우 가문'인데, 이곳은 원래는 '무라쿠모 가문'이 지배하던 곳이다.

그런데 어느 날 무라쿠모 가문이 배신을 저질렀고, 무라쿠모 가문을 모시던 신하인 아토우 가문은 다른 두임가의 명령을 받아 원래 주인을 몰아내고 대신 두임가의 자리에 올랐다.

"제1두임 놈들은 뭐 하고 있나?!"

최전선에서 이탈한 현 당주 아토우 하루키요가 부관에게 물었다.

하지만 부관은 분한 듯한 표정으로 고개를 저었다.

"……원군 통지는 아직."

"대체 어쩌자는 거냐……! 우리는 역병으로 병사조차 제대로 움직이지 못하는데, 제1두임 놈들은 특효약을 필사적으로 개발 중이라고 입으로만 떠들고, 아무것도 하는 게 없지 않나……! 그런데 원군조차 안 보낸다고……?!"

"……."

아토우는 자기도 모르게 욕을 내뱉었지만, 바로 정신을 차리고 입을 닫았다.

(……이래서는 무라쿠모 님이 말씀대로 되는 게 아닌가……! 진정 이상으로 삼을 '화'를 이해하지 못한 건 나였단 말인가…….)

하지만 여전히 분노가 수그러들지 않아 얼굴을 찌푸렸다.

그는 가슴 속에 거친 파도가 이는 것을 느끼면서 상공을 바라보았다.

"어쩔 수 없지. 빨리 육지로 돌아가 태세를 재정비한다! 저걸 방치할 수는 없어!"

"넵!"

그가 뱃머리를 돌린 결정적 원인── 흑룡 무리가 동화국으로 향하고 있었다.

(만약 그들이 동화국에 내려선다면 틀림없이 제5두임령에 내려설 것이다. 다른 곳에서 원군을 더 보내주면 좋겠지만, 이제껏 온 것은 제4두임의 병사뿐……!)

대륙과의 전쟁이 시작되자 그는 원군을 요청했지만 응답한 건 한 곳뿐이었고, 그나마 온 원군도 숫자가 적었다. 오랜 기간 역병에 시달리기도 했고 전쟁의 시작이 갑작스러웠기에 어쩔 수가 없는 일이었지만, 그렇다고 이들만으로 대륙을 상대하기에는 불안한 수였다.

그런데 가뜩이나 안 좋은 상황에, 흑룡이라는 불안 요소까지 늘어났다.

지금 전선을 유지해 보겠다고 해상에 전력을 일부 남기고 돌아가면 수적 열세로 돌파당할 것이다. 물러나려면 전군 철수하는 수밖에 없다.

──동화국의 우세로 끝났어야 할 전장에 불길한 바람이 불기 시작했다.

◇

해 질 무렵이 되자 동화국의 항구가 보이기 시작했다.

전시 상황이라 그런지 딱히 어선은 보이지 않았다. 어딘가로 대피시켰을 것이다.

"음. 저건 뭐지?"

필이 지상을 보며 말했다.

필을 따라 지상을 살펴보니 마력을 두른 통이 해안가에 배치되어 있었다. 크기는 사람 크기 정도이며 색은 하얀색. 통 하나당 사람 셋이 타고 있었다. 얼추 보이는 것만 100여 개는 될 것 같았다.

"매직 아이템이네. 해전에서 지면 저걸로 요격하려는 게 아닐까? 다가가면 우리도 쏠지도 모르지."

"뭣?! 그럼 느긋하게 있을 때가 아니잖나……!"

필이 호들갑스럽게 경계를 강화했다.

"괜찮아. 저 정도 마력이면 여기까지 닿지는 않을 거야."

말이 끝나기 무섭게 그들도 우리를 발견했는지, 매직 아이템에서 우릴 향해 마법진이 펼쳐지더니 작열하는 불꽃이 우리를 향해 날아왔다.

하지만 예상대로 그들의 공격은 여기까지 오기 전에 허공에서 폭발하고 말았다.

"아마 대공용 무기가 아닐 거야."

"그럼 다행이지만……. 제법 거친 환영 인사군."

"위협 사격이겠지. '내려오면 쏜다!'라는."

밑에 있는 녀석들은 우리를 따라 말을 달리면서 용의 움직임을 분주하게 파악하고 있었다.

"지드, 어디에 내려?"

로로아가 목을 이쪽으로 돌리고 물었다.

"일단은 사람이 사는 마을에서 먼 곳이 좋지 않을까?"

"그게 좋을 것 같아요. 일단 야영 장비도 있고요. 널찍한 초원 같은 곳에 내리면 동화국 사람들도 감시하기 쉬울 테니 갑자기 싸우는 사태는 피할 수 있지 않을까요?"

"우리도 경계하기 쉽고 말이야."

"알았어!"

로로아는 곧장 선두에서 나는 흑룡왕에게 착륙할 장소를 전했다.

우리가 이러는 동안에도 동화국 사람들은 한시도 쉬지 않고 우리를 감시하고 있었다.

반짝이는 별이 총총히 박힌 하늘 아래.

신성 공화국의 단원이 마법으로 빛을 만들어 야영지 주위를 밝히고 있었다.

야영지 중심부에는 군용 텐트를 설치했고, 외곽에는 진지 방어용 마법진이 새겨진 나뭇조각을 배치했다.

용들은 뒤쪽에 있는 산에서 대기하고 있다.

그리고 야영지 맞은편 멀리 떨어진 곳에는 동화국의 군대가 주둔하며 우리를 감시하고 있었다.

"좀 더 기다려야 할 것 같아요."

소리아가 내 옆으로 다가와 말했다.

아까까지 신성 공화국의 기사단과 앞으로의 방침을 의논하고 있었는데, 이야기가 끝난 모양이다.

소리아가 회의를 하는 동안 난 탐지 마법으로 상대의 동향을 살피고 있었다.

"어떻게 하려고? 해전을 치르던 녀석들이 오면 전투가 일어날 수도 있는데."

"그럴 수도 있지만, 그들의 전력이 늘어난 만큼 마음에 여유도 생기겠죠."

마음의 여유가 있어야 침착하게 이야기할 수 있다는 말이다.

소리아가 여기까지 온 것은 순전히 동화국 사람들을 위해서다. 진심을 전하면 그들이 거절할 일도, 싸울 일도 없다고 생각하는 모양이었다.

"그럼 녀석들의 지원군이 올 때까지 기다려야겠네?"

"네. 그 전에 일단 저쪽에 사자를 보낼 생각이지만, 본격적인 대화를 하려면 아마 며칠 더 기다려야 하지 않을까요?"

"그런가……."

저들이 지원군을 불러 안심할 상황이 되어야 대화가 통한다는 논리는 알겠다.

하지만 그건 한창 웨이라 제국과 싸우던 병사를 되돌린다는 의미이기도 하다.

난 소리아의 말에 맞장구를 친 후에 이어서 말했다.

"우리 행동으로 전황이 바뀔지도 모르는데, 그건 어떻게 생각해?"

"동화국 해군이 철수하는 것 말인가요?"

"그래. 용이 지나가지 않았으면 동화국은 웨이라 제국을 물리쳤을 거야."

"원흉이 우리……라는 거군요."

원흉처럼 말한 건 심했나.

소리아는 마음이 괴로운 듯 가슴 부근에서 손을 쥐고 기도하듯이 말했다.

"──전쟁은 이기적인 억지라고 생각해요."

"이기적이라고?"

"정보를 조종하고, 사람을 선동하여 서로 죽이게 하죠. 때로는 자기 의지와 상관없이 휘말리기도 해요."

짚이는 구석은 있다.

나도 그렇게 느끼니, 전장을 전전해온 소리아라면 몇백 배는 더 잘 알고 있을 것이다.

"하지만 결국 서로 협력하면 해결할 수 있었을 거예요. 욕심을 버리고 참견하지 않는다. ……그게 전쟁 문제 해결의 근본이라고 생각해요."

다소 독특하지만, 선의가 담긴 말이었다.

나는 딱히 대답할 말이 생각나지 않았다.

만약 여기에 소리아와 대척점에 선 루이나가 있었다면 뭐라고 말했을까.

얕고 엷은 지식밖에 없는 내 머리로는 '겉만 번지르르한 말'이나, '동의할 수 없다'라고 말하는 모습밖에 상상할 수 없었다.

하지만 그 루이나라면 어쩐지 다른 대답을 내놓을 것 같았다.

"저는 전쟁의 참상을 마주할 때마다 진심으로 생각했어요─ 지드 씨야말로 세상의 빛이라고."

"빛? 내가?"

"네. 잊으셨을지도 모르지만, 지드 씨는 언젠가 저를 구해주신 적이 있어요."

"내가 소리아를?"

"그 후로 저는 지드 씨가 어떤 분인지 알고자 노력했어요. 그리고 제가 생각했던 그대로의 인물이라는 걸 알았죠."

"생각했던 그대로……?"

소리아가 나에게 무엇을 기대하는지 얼추 짐작이 간다.

"지드 씨는 사람들에게 희망을 주는 분이에요."

이 이야기를 하는 소리아의 모습이 마치 스피와 비슷하게 보였다.

지금 소리아는 스피와 비슷한 말을 하고 있다. 물론 소리아가 구세주라거나 용사라거나, 그런 말을 하는 건 아니지만.

"난 그렇게 대단한 사람이 아냐."

"……설령 지드 씨가 그렇게 생각하셔도, 전 지드 씨에게 희망을 품고 있어요. 저는 그런 당신 곁에 있고 싶어요."

"내 곁이라……."

"네, 그게 제가 활동하기 시작한 원점이라고 볼 수 있으니까요. 그래서, 이렇듯 지금 옆에 있잖아요?"

"뭐, 그래서 소리아가 기쁘다면야. 솔직히 난 잘 모르겠지만."

어쨌든 소리아가 내 곁에 있으려 한다는 건 알았지만, 왜 그렇게 생각하는지 이유는 여전히 잘 모르겠다.

애초에 소리아를 언제 구했는지 기억도 없고…….

아무튼, 내가 처음 했던 질문은 이게 아니다. 나는 다른 길로 샐 뻔한 화제를 어물어물 넘기지 못하도록 다시 이야기를 되돌렸다.

"그래서, 정작 내 질문에는 답을 안 해줬는데?"

"전황을 바꿔버린 일 말인가요?"

"그래. 역병에서 구하려고 한 일이지만, 이것 때문에 동화국의 군대가 철수하고 말았어. 이대로 있으면 웨이라 제국의 침공으로 이어지겠지."

소리아가 뭘 하고 싶은지는 알았지만, 그건 이것과 다른 이야기다.

아니면 내가 모르는 또 다른 사정이 끼어 있나.

"그건, 흐름에 맡길 생각이에요."

소리아가 말했다.

"신성 공화국이 중재한다거나, 그러진 않아?"

"네? 왜 신성 공화국이 중재한다는 이야기가 되죠?"

"그야 네가 이끄는 기사들이 신성 공화국 녀석들이잖아?"

"아아, 이건 조금 입장이 복잡한데, 그들은 신성 공화국의 기사단이지만, 동시에 제 사병이기도 해요. 이번 일은 기사단의 일이 아니라 제 사병으로…… 아니, 대부분 제 사병으로 활동해요."

"그건 이번 일에 신성 공화국은 관여하지 않았다는 뜻이야?"

"그건 아니에요. 특효약을 만든 건 신성 공화국의 기술단이니까요. 다만 제가 말하는 건, 제가 신성 왕국의 지시로 여기 온 게 아니라는 거죠."

뭐, 소리아가 절대적인 권력을 가지고 있는 건 어렴풋하게 짐작이 간다. 그녀는 진 · 아스테라교의 필두사제이고 S랭크 모험가이며, 두터운 민중의 지지를 받고 있다.

"신성 공화국의 명령이 아니라면…… 왜 이렇게까지 하는 거야?"

왜 군이 전황까지 바꿔가며 강경하게 움직이는가.

이런 활동을 시작한 원점도 내 곁에 있고 싶다는, 잘 모를 이유이고…….

나는 소리아의 말을 되뇌다가 퍼뜩 답을 깨달았다.

소리아가 먼저 입을 열었다.

"움직이는 이유는 간단해요. 여신님이 지켜보고 있기 때문이에요."

"사람을 구하면 내 곁에 있을 수 있다고?"

"네. 그리고 그건 실제로 이루어지고 있어요. 지드 씨, 당신은 여신님께 사랑받고 있어요. 여신님이 구원을 가져다주시는 곳에는 당신이 있어요. 예전에 제가 죽을 위기에 처해 구원을 바랄 때 당신에게 도움을 받은 것처럼요. 그래서 저도 여신님이 절 항상 봐주시는 것처럼, 사람들을 계속 구하는 거예요. 여신님의 시선 끝에 당신이 있기 때문이죠. 그리고 지금 선량한 사람들을 계속 구해왔기 때문에 이렇게 당신 곁에 있을 수 있어요."

엉뚱한 소리 같지만 동시에 소리아 나름의 이치가 존재했다.

어찌 보면 광기라고도 할 수 있을지도…….

"전황을 바꾼 일로 결국 많은 사람이 다치면, 그때는 어떻게 하려고?"

"안심하세요. 저도 손 놓고 있겠다는 건 아니에요. 이래 봬도 웨이라 제국의 상층부와 면식이 있거든요. 이번에는 루이나 씨도

와있는 것 같고요."

요컨대 흐름에 맡긴다는 말은 이후의 흐름에 따라 임기응변하겠다는 뜻인가.

하지만 내게는 그 말에 근간에는 여신과 나를 향한 절대적인 신뢰가 담긴 것처럼 느껴졌다.

그게 과연 좋은 건지, 나쁜 건지. 지금의 나로서는 판단할 수가 없었다.

소리아의 수완이 어느 정도인지도 아직 모르고.

그로부터 며칠 후.

몇 번이고 사자를 보내도 쫓겨나던 차에 드디어 동화국 진영에서 말을 탄 남자들이 다가왔다.

우리 쪽은 신성 공화국의 면면들과 용들이 그들을 맞이했다.

"소리아, 저 녀석들은 서로 사이가 나빠?"

우리를 둘러싼 동화국 병사의 수가 아무래도 좀 적게 느껴졌다.

여기 있는 병사는 어림잡아 약 3,000 정도.

하지만 동화국의 진짜 전력은 이 정도가 아니다.

내가 그걸 확신하는 이유는 탐지 마법으로 이 섬나라의 전모를 어느 정도 파악했기 때문이다.

지금 우리를 둘러싼 건 이 지역의 병사들 뿐이다. 내륙 방면의 병사들은 조금도 움직이지 않았다.

동화국의 인구가 적지 않으니 병사도 이보다 많을 텐데, 웨이라 제국과 전쟁 중에도 그들은 도와주지 않았다.

"아뇨. 그런 이야기는 못 들었어요. 사이가 나쁘기는커녕 내분조차 없다고 들었어요. 십여 년 전에 딱 한 번 영주 교체가 있었던 정도예요."

"그렇군……."

"뭔가 이상한가요?"

"아무래도 네가 말한 다섯 세력 중 이곳에 병력을 할애한 건 당사자뿐인 것 같아. 이웃 영지에서 온 원군도 조금 있는 것 같지만, 그 외에는 전혀 도와주지 않고 있어."

"그건 이상하네요……. 무슨 일이 있었던 걸까요?"

소리아도 동화국의 상황을 의아하게 여겼다.

하지만 필의 말에 우리는 대화를 멈추었다.

"옵니다."

한 남자가 말 위에 내려 선두에 섰다. 하얀 머리칼에 갈색 눈을 가진 남자였다. 나이는 40 정도일까.

그는 빨갛게 염색된 줄무늬 가죽 전투복을 입고 있었다. 남자 곁을 지키는 사람들도 비슷한 모습을 하고 있었다.

"신성 공화국 분들이 이곳에 무슨 용건인가."

그는 통성명도 없이 본론을 들이댔다.

우리 때문에 전선이 무너졌으니 당연히 호의적일 리가 없었다. 오히려 그들에게서 적의가 느껴졌다. 뒤에서 대기하고 있는 사람들도 신호가 있으면 당장이라도 덤벼들 것 같다.

하지만 소리아는 주눅 들지 않고 대응했다.

"전 소리아 에이든이라 합니다. 동화국에서 돌고 있는 역병을 치료할 수 있는 특효약을 전하고자 찾아왔습니다."

"특효약이라고……?"

신성 공화국 기사 한 명이 녹색 액체가 든 작은 병을 그에게 건넸다.

하지만 역시 그는 순순히 받지는 않았다.

"이에 관해서는 이미 동화국의 제1두임가가 연구 중이다. 너희의 도움은 필요 없다."

"아니, 이건 이미 완성된 약이에요."

"그대들의 호의에는 감사하지. 하지만 그걸 받으면 다른 두임에게 불의하다는 의심을 받게 된다."

그 말에 나는 귀를 의심했다.

물론 쉽게 믿기는 어려울 거다. 갑자기 찾아와서는 특효약이 있으니 주겠다고 하면 당연히 의심이 들겠지.

심지어 그걸 들고 온 사람들이 한창 전쟁 중인 대륙에서 왔다면 더더욱 그럴 것이다.

하지만 그러면…….

"백성들을 내버려 두시겠단 말인가요?!"

소리아의 목소리에 분노가 서렸다.

동화국의 병사들이 소리아의 박력에 압도되었다.

"아니, 그런 게 아닙니다. 만약 이곳에만 특효약이 돌고 있다는

소문이 나면 해명하기 매우 곤란합니다."

"당연히 다른 영지 분들도 받을 수 있도록 충분한 양을 준비했습니다. 제조법도 물론 함께 드릴 겁니다."

"그걸 제1두임이 허락할지 어떨지……."

아무래도 다섯 세력 간에 아주 성가신 관계가 있는 모양이다.

남자의 내면에서 쭈뼛거리는 심약한 자세가 보였다.

그러고 보니 소리아가 십여 년 전에 어느 곳에 영주가 바뀌었다고 했는데, 그게 여긴가?

영 석연치 않은 남자를 보니 소리아의 짜증이 드물게도 격해졌다.

나는 무심코 대화에 끼어들었다.

"이봐, 이런 일을 꼭 다른 영주에게 해명해야 해?"

"그렇습니다. 동화국은 '화'를 중시합니다. 만약 불의나 독립할 낌새를 보이면 곧장 숙청 대상이 됩니다. ……영주뿐만 아니라 백성들까지요."

빠득, 하는 이쪽에도 들려오는 어금니를 깨무는 소리.

동화국에서는 언동이나 판단 하나하나를 무겁게 봐서, 적의가 있다고 보면 곧장 처단하는지도 모르겠다.

나는 사내의 대답에 문득 의문이 들었다.

"네 말대로라면, 지금 전쟁이 한창인 이때 다른 영지에 있는 녀석들은 대체 뭐 하고 있는 거지?"

"그게 무슨 뜻입니까?"

"싸우고 있는 건 너희뿐이잖아. 그 약을 만든다던 세력도 약을 내놓을 기미가 없는 것 같고. 결국 외부의 인간이 가져오는 지경이 됐잖아. 그 '화'라는 건 언제 적용되는 거야?"

"그건……. 그들도 준비 중일 겁니다. 특효약도 우연히 신성 공화국이 빨랐을 뿐……."

남자가 말하다가 고개를 저었다.

그리고 명확한 적의를 날카로운 눈빛에 담았다.

"아니, 애초에 그 약도 진짜인지 불확실하지 않습니까. 실은 이렇게 시간을 낭비하게 하려는 수작 아닙니까?"

"그 말은 특효약을 시험해본 뒤에 하는 게 어때?"

제국이 전쟁을 건 지금, 그들이 대륙에서 온 인간들을 의심하는 건 당연하다.

우리가 선의라고 해도 그들에게는 우릴 믿을만한 근거가 없다.

하지만 이 남자는 그들의 사상을 관철하려고 한 결과, 변명을 늘어놓고 있을 뿐이다.

그래서 내 말에 남자는 말문이 막혔다.

"그건……."

"시간이 아깝나? 지금도 웨이라 제국이 오고 있으니까. 안심해라. 우린 너희를 공격할 생각은 없어. 당장 바다로 나가도 돼. 하지만 우리도 식량 문제가 있으니 오래 있을 순 없어."

"그래서 시험해보라는 건가. ──소중한 백성에게. 대륙에서 온 너희의 약을."

백성을 생각하는 마음이 자연스럽게 드러났다. 처음으로 남자가 본심을 입 밖에 냈다.

그가 진지한 마음이 엿보이자 소리아도 분노가 어느 정도 수그러들었다.

"안심하세요. 이미 시험은 저희 측에서 했습니다. 저희는 특효약을 두고 이대로 떠날 테니, 부디 머리 한 구석에라도 기억해주시면 좋겠습니다."

소리아의 말을 듣고 남자가 어금니를 꽉 깨물었다.

그리고 각오를 다진 얼굴로 머리를 숙였다.

"5두임가, 아토우 하루키요다. 고맙게 쓰도록 하겠다."

"──네!"

마음은 통한다.

소리아의 말은 정말이었던 모양이다.

보고 있으면 미소가 절로 나오는 광경을 직접 봤다.

"이봐, 환자를 한 명 데려와라."

"환자 말씀입니까……?"

"이 약이 효과가 있는지 시험하겠다."

"…………!"

아무래도 각오를 굳힌 것 같았다.

그러자 갑자기 아토우 뒤에 있던 부관 같은 녀석이 수신호를 보내며 말했다.

"이건 중대한 배신입니다."

"이, 이 자식……?!"

공격 신호였다.

사태를 깨달았을 때는 이미 하늘에서 마법과 화살이 날아오고 있었다.

하지만 곧 강력한 빛이 그 마법들을 모조리 날려버렸다.

브레스. 흑룡의 불꽃이었다.

"이 자식, 어째서!"

아토우가 부관에게 따지고 들었다.

"우리는 동화국 사람이다. 동화국 이외의 특효약은 화를 어지럽힌다."

"네놈도 대화를 듣고 있었잖아?! 그건 이미——!"

"그게 배신이라는 거다."

부관이 칼을 쑥 뽑았다.

이제 그의 의견을 뒤집을 시간은 없었다.

아토우는 즉각 검을 뽑아 맞붙은 끝에 부관의 목을 쳤다.

아토우가 동화국의 군세를 향해 외쳤다.

"기다려라! 공격하지 마라!"

하지만 병사들은 듣지 않았다.

그들이 대지를 딛고 분기하는 소리가 더 컸다.

부관의 목이 날아간 것을 알아차린 전방의 병사도 멈춰 서면 후방의 병사들에게 짓밟힐 상황이었다.

기세는 멈추지 않는다.

어쩔 수 없다.

"잠깐 재운다."

나는 아토우 앞에 서서 반쯤 강제로 허가를 받았다.

아토우가 당황해서 소리쳤다.

"아, 안 됩니다! 저들은 한 명 한 명이 잘 단련된——."

"——지드 씨. 부탁드립니다."

"안 될 것 같으면 내가 하지."

아토우의 목소리를 덮어씌우듯이 소리아의 목소리가 들렸다. 거기에 필의 목소리도 이어졌다.

뒤에는 흑룡도 대기하고 있다.

"원래부터 이런 거친 일을 하기 위해 왔어."

이동 수단은 용만 소개하면 된다.

여기까지 온 건 소리아와 일행을 지키기 위해서다.

살기를 띠고 육박해오는 대군을 향해 한 손을 뻗었다.

"오식——【격진】."

마법이 파장을 생성하고 시야를 기우뚱 일그러뜨렸다.

예전에 웨이라 제국군에게도 비슷한 기술을 썼었다. 상대에게 자신의 마력을 부딪쳐 대상의 마력을 억지로 날려버리는 기술이다. 이러면 적이 마력 고갈 상태에 빠져 움직일 수 없게 된다.

(하지만 그 방법은 결점이 있지.)

그건 마력 조작이 능숙한 자에게는 통하지 않는다는 점이다.

아마 C랭크 이상의 모험가에겐 효과가 없을 것이다.

그래서 만든 게 '격진'이다.

(상대가 버티면 한층 더 뒤흔들면 돼.)

내가 생각해도 무식한 짓이었다. 요컨대 힘으로 밀어붙이는 기술이다.

하지만 단숨에 전투 불능으로 만들 수 있다면 나름대로 가치가 있다.

이전에 용들에게 썼을 때와 마찬가지로 이번에도 같은 결과가 나왔다.

단순한 마력 조작이 마법으로 승화했다.

"이럴 수가……."

아토우가 눈앞의 광경을 멍하니 바라봤다.

동화국 군대의 요란한 소리가 고요해지고 수천의 병사가 쓰러졌다.

"저 마법에 닿으면 불쾌한 느낌이 든단 말이지."

흑룡왕이 뒤에서 말했다.

로로아가 맞장구를 쳤다.

"몸이 말을 안 들으니까……. 지드의 마법이 아니었으면 근질근질했을 거야. 하지만 지드가 쓴 마법이라면 얼마든지……!"

실제로 이 마법을 경험해 본 면면들이 이야기했다.

"너…… 결국 인간의 영역을 벗어났구나."

필이 기가 막힌다는 얼굴로 말했다.

소리아도 눈을 동그랗게 뜬 채로 입을 다물고 있었다.

"이봐. 피를 흘리지 않고 끝냈는데, 반응이 그거야? 다른 말도 있잖아, 칭찬한다던가."

분위기가 이상해지니 그런 반응들은 그만했으면 한다.

"사, 살아있는 겁니까?"

당혹스러운 얼굴로 아토우가 군대를 바라봤다.

"당연하지. 시간이 지나면 다시 일어날 거야. 그보다 이제 어떡할 거야? 저 녀석들은 한동안 움직일 수 없어. 뭘 하려면 지금 아닐까?"

"앗……! 너무 충격을 받아 잊고 있었어요. 빨리 특효약을 옮겨야 해요!"

소리아가 고개를 저은 뒤에 지시를 내렸다.

"그럼 동화군의 마차를 쓰십시오. 병참기지에도 짐마차가 있습니다. 그리고 용들에게는 쓰러진 자들을 지켜보도록 해주셨으면 합니다."

"용한테?"

"이 부근은 마물이 나와서 저대로 방치하면 위험합니다. 전 백성에게 설명해야 하는데, 부관만 여기 남기기에는 아무래도……."

목을 친 사람 이외에도 부관이 있지만, 그들만으로는 힘이 부족하다는 모양이다.

"부관들이 남으니 저들이 일어났을 때 사정을 설명할 수 있을 겁니다."

"그렇군. 다들 들었지? 부탁해도 될까?"

"지드의 부탁이라면 들어주지!"

"흠, 딱히 상관없다만, 슬슬 식량이 다 떨어질 것 같다. 우리도 곧 둥지로 돌아가야만 한다."

"너희가 모두 돌아가면 우리는 돌아갈 수단이 없는데."

"그럼 동화국의 배를 타시지요."

대화를 듣던 아토우가 말했다.

그 말에 나는 배신당했을 때의 말로를 상상했다.

우리는 자력으로 섬에서 나갈 수 없는, 배수진을 친 것과 같은 상황이다.

하지만 그의 눈에 탁한 빛은 없다.

"그렇게 해주면 나야 고맙지. 소리아는 어떻게 생각해?"

"저도 상관없어요."

소리아가 빙긋 웃으며 대답했다.

정해졌네.

"그럼 용들은 여기 있는 병사들이 일어나면 돌아가."

"엥~, 헤어지는 거야~……?"

"또 만날 수 있을 거야. 안 헤매고 돌아갈 수 있겠어?"

"쓸데없는 걱정이다. 대륙의 냄새는 여기서도 더듬어서 갈 수 있다."

"용은 코도 좋구나. 대단하네. 지금까지 고마웠어."

"또 무슨 일이 있으면 언제든지 불러도 돼!"

"그래. 또 곤란한 일이 있으면 부탁할게. 너희도 무슨 일이 있으면 언제든지 날 찾아와."

이런저런 대화를 하면서 우리는 여기서 헤어졌다.

그 후, 우리는 동화국의 제5두임의 영지에 발을 들였다.

문화는 다르지만 기술 발전은 대륙과 크게 다르지 않아 보였다.

다만 역병이 도는 탓인지 영지에 활기가 없었다.

거리 구석에는 노점으로 썼던 듯 보이는 폐기물이 굴러다녔고,
집들은 모두 문과 창문을 닫고 있었다.

물론 전쟁 중인 탓도 있겠지만.

"아토우 님! 이분들은 누구입니까……?"

우리를 맞이한 남자가 수상하다는 듯이 물었다.

"대륙에서 온 분들이다."

"대륙이라고요?! 한창 전쟁 중인 게……!"

"그곳과는 다른 나라다. 그보다 누구라도 좋으니 환자를 데려
와 주겠나."

"'신의 숨결' 환자를 말입니까……?"

"그래. 이들이 특효약을 가져왔다."

아토우가 그렇게 말하자 남자는 놀란 얼굴이 되었다.

그는 잠시 두리번거리다가 눈물을 글썽였다.

"……알겠습니다! 지금 데려오겠습니다!"

여기서도 아토우가 배신했다면서 전투가 일어나면 어쩌나 했
는데, 그럴 걱정은 필요 없는 듯했다.

신성 공화국의 병사가 짐마차에 실린 특효약을 노상에 늘어놓

기 시작했다.

소리아가 가까이에 다가왔다.

"감염될지도 몰라요. 지드 씨도 약을 받으세요."

"이걸로 예방도 돼?"

"네. 지드 씨라면 역병도 안 걸릴 것 같지만요."

"아니, 만에 하나라도 옮으면 큰일이니까. 사양하지 않을게."

실은 난 주사 맞는 게 처음이다.

이물이 몸에 들어가는 건 위화감밖에 안 느껴진다. 처음엔 무의식적으로 마력을 써서 피부를 단단하게 만들어버렸지만, 받아들이니 아무 일도 없었다.

머지않아 환자가 실려 왔다.

상당한 중증자인지 왼팔을 붙잡고 괴로워했다. 손이 거무스름했다.

"주사해주세요."

소리아의 말을 듣자 기사 한 명이 익숙한 손놀림으로 특효약을 주입했다.

환자는 주사 후에도 한동안 괴로워했다.

"……어라……?"

하지만 곧 고통에 잔뜩 들어가 있던 손의 힘을 스르르 풀었다.

얼굴에 생기가 돌기 시작했다.

환자가 놀랍다는 듯이 자신의 몸을 바라보았다.

까맣게 물들어 있던 피부가 정상으로 돌아왔다.

"괜찮나요? 제 말이 들리나요?"

"아, 네……."

"아프거나 불편한 곳이 있나요?"

"왜, 왠지 괜찮아졌어요……. 아프지 않아요……!"

특효약이 정말 효과가 있는 모양이다.

그 말에 기사들 사이에서 환희가 터져 나왔다.

아토우도 감동의 눈물을 흘리고 있었다.

"정말 약이 들은 건가. 그것도 이렇게나 빨리……."

그도 직전까지는 반신반의했을 것이다.

책임자로서 많은 근심거리가 아토우의 어깨를 짓누르고 있었을 것이다.

그 부담을 덜어냈으니 당연한 반응이었다.

"엘프의 신수에서 나오는 수액을 토대로 만든 약이에요. 몸에 해는 없고, 즉효성도 높죠. 만병통치약은 아니지만, 역병에는 매우 효과적이에요."

소리아가 대답했다.

아토우가 이상하다는 표정을 지었다.

"엘프의 신수라고요……? 대륙은 항시 내륙에서 전쟁 중인 게 아닙니까? 종족 간의 싸움은 끔찍하기 이를 데가 없다고 들었습니다만."

"한때는 그랬죠. 엘프 또한 인간을 거부하고 있었는데…… 지드 씨가 그들을 도와주면서 신수의 수액을 받을 수 있었습니다."

소리아가 나를 치켜세웠다.

사실은 그녀도, 그리고 옆에 있는 필도. 길드 직원인 룩도.
──지금 동화국이 싸우고 있는 웨이라 제국군인 유이도 움직인
결과로 나온 공적인데.

그래도 나를 치켜세운 건 당장 설득력을 갖추기에 가장 간단하
기 때문일 것이다.

내가 동화국의 군세를 순식간에 제압하는 모습을 봤으니까.

"……터무니없군. 우리가 이상으로 삼아야 하는 '화'다."

소리아는 이유가 있어서 그런 말을 한 거지만, 약간 부끄럽네.
여기에 있는 게 창피할 정도다.

아토우가 우리를 보며 다시 입을 열었다.

"지드 님, 소리아 님…… 부디 저희 저택에 와주시지 않겠습니
까. 긴히 부탁드리고 싶은 일이 있습니다."

그는 필사적인 눈빛으로 그런 부탁을 했다.

아토우의 저택은 고풍스러운 목조 집이었다.

앉는 자리에는 익숙한 의자가 아니라 솜이 들어간 쿠션이 놓여
있었다.

나와 소리아는 쿠션을 깔고 아토우와 마주 앉았다.

"그래서 무슨 부탁이죠?"

소리아가 단도직입적으로 물었다.

뭐, 잡담할 시간은 없지.

난 아토우가 어떤 부탁을 할지 대충 짐작이 갔다. 아마 소리아도 짐작했을 것이다.

"──부디 우리 제5두임령을 당신들의 나라에 받아들여 주십시오."

역시. 상상하기 어렵지 않은 부탁이었다.

"웨이라 제국의 공격을 받고 있으니까. 탐지 마법으로 보아 제국은 머지않아 이곳에 상륙할 거야."

동화국의 군사력은 주로 해상전에 치중되어있다. 육상전으로는 웨이라 제국을 이길 수 없을 것이다.

아니, 어쩌면 육상에서도 싸울 수 있을지 모르지만…… 내가 병사들을 모두 쓰러트리고 말았다.

아토우에게는 남은 저항 수단이 없다.

원인을 제공했으니 미안한 마음은 있지만, 그렇다고 우리가 죽을 수도 없으니 어쩔 수 없다. 그렇게 납득시키는 수밖에 없다.

그때 소리아가 새로운 제안을 내놓았다.

"신성 공화국에는 한 가지 제도가 있어요."

"어떤 제도입니까?"

"'보호령'이라는 제도죠. 식량난이나 재해, 역병이 도는 나라를 지키는 제도에요."

"그렇군요. 그런 제도가……."

아토우가 잡아먹을 것 같은 자세로 들었다.

그들에게는 도움이 될지도 모르는 이야기니 당연했다.

"단, 이 제도로 보호를 받으려면 조건이 있습니다."

"조건?"

"신성 공화국이 주도하는 '연합'에 가입해야 합니다. 연합이라고 해도 각국이 동맹을 맺을 뿐이지만요."

"동맹……."

아토우가 난색을 보였다.

섣불리 가입했다가 모든 것을 착취당하는 속국이 될 가능성을 경계하는 듯했다.

하지만 소리아가 불안을 떨쳐버리듯이 이어서 말했다.

"안심하세요. 동맹의 조건은 서로 돕고, 서로 공격하지 않는다. 오직 이것뿐이에요."

"그 서로 돕는다는 건 구체적으로 어떤 겁니까?"

"연합 중에 식량난에 처한 나라가 있으면 연합 국가들이 식량을 나눠준다. 재해를 당한 나라가 있으면 모두가 인원과 물자를 보내 복구를 돕는다. 큰 나라의 공격을 받으면 모두가 병사를 내서 협력한다. 연합이란 것은 바로 이런 거예요."

말하자면 공동체 같은 건가.

어떻게 보면 웨이라 제국과 비슷한 점이 있다.

웨이라 제국은 속국을 힘으로 종속시키고, 신성 공화국은 서로 대화하여 하나의 연합이 된다.

그렇게 함으로써 세력 균형을 유지하는 것이다.

"하지만 우리가 그 연합에 잘 어울릴 수 있을까요. 대륙과는 이렇게 바다가 가로막고 있는데……."

"그건 걱정 안 하셔도 되지 않을까요. 우리 연합에는 종족이 다른 자들도 있을 정도니까요."

"흠, 그런가요. 그건…… 저희에게 도움이 되겠지만……."

아토우의 태도가 애매하다.

상당히 하기 어려운 이야기를 이어나가려는 모양이다.

그걸 알아차렸는지 소리아가 말을 잘랐다.

"저희가 웨이라 제국을 막을 수 있느냐, 그게 걸리는 거죠?"

"……네. 지드 씨의 힘은 의심할 여지가 없지만, 그래도 저 나라가 얼마나 강한지는 바다를 사이에 두고 있어도 들려옵니다. 여러분께 폐를 끼치고 싶지 않습니다."

난 그의 말에 한 가지 오류가 있어서 끼어들어 정정했다.

"저기, 난 신성 공화국 사람이 아닌데?"

"네?! 그렇습니까?! 그럼 왜 신성 공화국과……."

"길드라는 조직의 동료야. 그래서 협력하고 있어."

"아아, 그랬습니까. 정말 상냥하시군요……!"

"네! 맞아요! 지드 씨는 말이죠……!"

이런, 이야기가 새고 말았다.

"아~, 내가 먼저 이야기를 시작해두고 좀 뭐하지만, 본론으로 돌아가자. 신성 공화국이 웨이라 제국을 막을 수 있느냐, 하는 이야기잖아?"

""앗! 그랬죠……!""

두 사람이 다시 정신을 가다듬었다.

그리고 소리아가 헛기침을 하고 본론으로 돌아갔다.

"신성 공화국에 웨이라 제국을 막을만한 힘은 없습니다. 당장 모든 연합 국가가 모여도 어려워요."

"그, 그럼 의미가 없는 게 아닌지……."

"안심하세요. 그건 어디까지나 무력의 이야기에요. 신성 공화국에는 다른 수단이 있어요. 오히려 그게 진짜 신성 공화국의 무기죠."

"종교……말입니까?"

"알고 계셨군요."

소리아가 약간 의외라는 듯이 말했다.

"네, 동화국에도 아스테라 님의 신탁을 받고 검성이 된 자가 있었던지라."

확실히 소리아도 그런 말을 했었지.

그게 동화국이 아스테라를 아는 계기가 되었을 것이다.

"지금은 '진'이 붙어서 진·아스테라교가 되었어요. 부끄러운 내막이 있습니다만."

"그랬습니까. 아뇨, 그쪽에도 여러 사정이 있겠죠. 동화국에는 인간이 모든 것을 이룬다고 생각해서 종교가 없는 사람이 많지만, 아스테라 님을 신앙하는 자도 있습니다."

"흐음, 그런가. 그래서 신성 공화국이 역병에 대해서 잘 알고 있었구나."

"──웨이라 제국에도 진·아스테라교 신자가 있어요. 제국도 종교로 내부 분열하는 건 반갑지 않을 테니 저희와 싸우는 건 바라지 않을 거예요."

그렇군.

특히 동화국은 바다를 경유하지 않으면 다다를 수 없다. 지배해도 관리에 수고가 든다.

소리아는 굳이 신성 공화국을 적으로 돌려가며 점령하지는 않을 것이라고 예상한 모양이었다.

"그렇습니까. 알겠습니다. ……그렇다면 보호령 제안을 받아들이도록 하겠습니다."

"네, 잘 부탁드립니다."

소리아는 웃으면서 그들을 받아들였다.

◇

웨이라 제국의 군세가 동화국의 해안에까지 도달했다.

하지만 동화국은 전쟁 중이라고 생각할 수 없을 정도로 얌전히 그들을 맞아들였다.

"지드가 이미 뭔가를 했군."

루이나가 대담하게 웃었다.

바닷가 일대에 방어망을 깔아 진지를 구축하려는 순간, 전령이 달려왔다.

"루이나 님! 동화국 제5두임가에서 사자가 왔습니다! 신성 공화국 놈들과 길드의 남자도 함께 있습니다!"

"역시나 이렇게 됐군요."

루이나 옆에 대기하고 있던 군장이 벌레를 씹은 듯한 얼굴로 전령의 말을 들었다.

싸움이 교착상태가 된 것도 아니고, 웨이라 제국은 아직도 여력이 있었다. 평소였다면 이런 타이밍에 온 사자는 쫓아냈을 거다.

하지만 신성 공화국과 지드가 나온 이상 그럴 수는 없었다.

"만나도록 하지. 자리는 만들고 있는가?"

"아직입니다. 선박 내의 군장회의실은 어떻습니까."

"좋다. 거기로 보내라. 우리도 가지."

루이나가 발길을 돌렸다.

그런 루이나를 따라가는 군장들. 당연히 거기에는 유이도 있었다.

루이나가 유이를 슬쩍 봤다.

"신성 공화국이 끼어들었으니 아마 '보호령'을 제안했을 거다."

"……."

"예상했던 사태다. 역병이 만연해 있었으니까. 놈들에게도 괜찮은 구실이야."

"……."

루이나가 혼잣말하는 것처럼 보이지만, 사실은 루이나가 유이의 미묘한 표정 변화를 잘 알아보고 말을 걸고 있었다.

"안심해라. 네가 바라는 대로 하겠다."

그 말에는 다정함이 내포되어 있었다.

냉철한 여제와는 다른 무언가가.

◇

루이나와의 알현을 신청한 우리가 안내받은 곳은 웨이라 제국의 군선이었다.

그중에서도 한층 더 거대한 배였고, 내부만을 본다면 요새라고 해도 납득할 수 있는 미로였다.

"오랜만이군. 지드, 소리아. 그리고 처음으로 만나는군. 제5두임 아토우 하루키요."

그곳은 뭔가 회의라도 열리는 듯한 방이었다.

루이나는 중앙의 자리에 앉아 이쪽을 보고 있었다. 유이가 그 뒤에 있었고, 주위에는 본 적 있는 군장들이 대기하고 있었다.

소리아와 아토우가 인사했다.

"오랜만입니다."

"처음 뵙겠습니다. 여제 루이나 님."

상당한 긴장감이 감도는 장면이다.

사소한 계기로 싸움이 일어날 것 같은 그런 분위기가 있다.

나도 한 박자 늦게 인사했다.

"오랜만이네."

……존댓말을 쓰는 게 좋았나?

일단 여긴 격식을 차린 자리니까.

하지만 난 아직도 존댓말을 배우지 못해서 어설프게 썼다가 되려 결례가 될 것 같다.

"먼저 확인해두고 싶은 것이 있다. 지드는 왜 여기에 있지?"

루이나가 나를 보고 물었다.

확실히 그녀가 보기엔 생뚱맞은 존재일 것이다.

"소리아를 돕고 있어."

"도와?"

"약 운반이야. 용이 날고 있는 거 봤지?"

"아아, 역시 네가 한 짓인가."

크크, 하고 루이나가 웃었다.

뭐가 재밌는 건지 난 알 수 없지만, 납득한 것 같다.

"그럼 우리를 적대하는 건 아니라는 거군?"

"그래. 그럴 생각은 없어."

전쟁에 개입할 예정은 처음부터 없었다.

흑룡들을 거느린 탓에 간접적으로 관여하고 말았지만.

"그런가. 한데 쿠에나는 잘 지내고 있는가?"

"응? 아아, 잘 지내고 있어."

"흠, 다행이군."

설마 루이나가 그런 질문을 할 줄은 생각지도 못했는데.

쿠에나에게 들은 이야기로는 가족 관계가 전혀 돈독하지 않았기 때문이다. 쿠에나가 쓸만하다는 걸 알아서 신경 쓰기 시작한 걸까?

"자, 그럼 본론으로 들어갈까. 왜 날 만나러 온 걸까."

루이나의 물음에는 소리아가 대답했다.

"제5두임가의 영토는 우리 신성 공화국의 보호령이니 군사를 물려주세요."

"네게 보호령을 선언할 권한이 있는 건 알고 있다. 하지만 우리더러 그걸로 순순히 납득하라고?"

"물론 아닙니다. 이번 전쟁의 보상금을 제5두임 대신 신성 공화국이 준비하도록 하겠습니다."

"돈인가. 돈도 중요하지. 그럼 다른 영토는 어떻게 할 생각이지? 동화국에는 아직 네 곳의 영토가 더 있다. 너희도 일부 지역만을 보호령으로 편입한 전례는 없을 텐데?"

"……지금 한창 보호령이 될지 타진하는 중입니다."

"우리더러 그걸 기다리란 말인가? 동화국이 우릴 요격할 준비를 하게 놔두는 꼴인데?"

여기서부터는 돈으로 어쩔 수 있는 문제가 아니다. 루이나도 돈만으로 넘어가려고 생각진 않을 것이다.

"부디 일주일만 그들을 설득할 시간을 주실 수는 없나요? 그 뒤에도 답이 나오지 않으면 웨이라 제국이 움직여도 신성 공화국은 이 전쟁에 관여하지 않겠습니다."

"일주일이라. 우리가 그걸 기다려줘야 하는 이유가 뭐지?"

"이유는……."

루이나도 목적 없는 대화를 하는 건 아닐 것이다. 그녀가 원하는 게 있을 거다.

소리아는 그걸 찾으려 했지만, 도무지 답을 내놓지 못했다.

루이나가 미소 지었다.

"좋다. 일주일을 기다려주지. 대신 보호령 제안이 거절당한 경우, 그 영토는 웨이라 제국이 가져가지."

"그들이 보호령을 거절했을 때는 어차피 신성 공화국도 관여할수 없는 일이니——."

"또한, 그때는 지드도 웨이라 제국을 도와 동화국을 공격한다. 이게 조건이다."

"그게 무슨……!"

루이나의 제안에 소리아의 말문이 막혔다.

그렇군, 그렇게 나온 건가.

"지, 지드 씨에게 침략을 시키다니……!"

"그럼 달리 우리가 일주일 동안 기다리는 것에 대한 이점을 제시할 수 있나?"

"그것과 이건……."

소리아가 끝까지 반론했다.

하지만 사실 소리아는 마땅히 가진 교섭 카드가 없다. 반박하고 싶어도 할 수가 없다. 아니면 교섭 카드가 있었는데, 루이나의 제안이 의표를 찔렀거나.

(생각해보면 참 루이나다운 조건이야.)

나를 이 전쟁에 투입하면 웨이라 제국은 손실을 크게 줄이며 영토를 점령할 수 있다.

신성 공화국의 보상금에 더해, 나머지 영토가 손에 들어온다면 루이나에게는 이보다 더 좋을 수가 없다.

"제가 책임지겠습니다! 그러니 부디 여기서 멈춰주십시오——유이 님!"

그때 갑자기 아토우의 목소리가 울렸다.

모두가 아토우에게 시선을 보내는 가운데, 그는 유이를 바라보면서 무릎을 꿇었다.

"당신의 부모님을 해한 건…… 바로 접니다! 모든 책임은 제게 있습니다……!"

갑작스러운 자백이었다.

하지만 유이와 루이나는 알고 있었는지 조금도 동요하지 않았다.

"그래, 그렇겠지. 유이는 똑똑히 보고 있었으니."

"면목…… 없습니다!"

"그런데, 그렇게 된 내막이 너 때문인가? 그럴 리가 없지."

"그건……."

"협조하지 않고 눈에 거슬린다는 이유로 다른 영주가 꾸민 일이겠지. 넌 일개 하수인일 뿐."

루이나의 조용한 추궁에 아토우는 입을 다물었다.

"넌 정말 모든 책임이 너에게 있다고 생각하나? 네가 이 전쟁의 계기를 만들었다고?"

"예, 예……! 그건 물론……!"

"넌 중대한 착각을 하고 있다."

"그, 그게 무슨……."

"이번 전쟁의 발단은 그런 게 아니야. 너희가 웨이라 제국의 군장인 유이를 암살하려고 했기 때문이다."

그건 그렇다. 애초에 웨이라 제국은 그걸 구실로 삼았다.

아토우는 그녀의 말을 그저 듣기만 했다.

루이나가 계속 말했다.

"그런데 이상하지. 너희가 대체 유이의 정체를 어떻게 알아냈을까?"

"그건 대륙에서 온 정보에 의지해서……."

"그래, 너희가 우리 동향을 살피기 위해 보낸 밀정이 준 정보겠지. 그럼 왜 지금까지는 유이의 존재를 모르고 있었지?"

에두른 표현이었지만 핵심에는 가까워졌다.

유이는 원래 길드의 S랭크 모험가였다. 하지만 그녀는 눈에 띄지 않았다. 아니, 눈에 안 띄려고 했다. 이건 일전에 리프에게 들은 이야기다.

S랭크는 원하지 않아도 눈에 띈다. 그건 내가 경험했기에 안다. 그렇기에 최연소로 S랭크에 도달한 유이가 눈에 띄지 않는다는

건 부자연스럽다. 즉 일부러 그런 사태를 피한 거다.

게다가 유이는 웨이라 제국에 스카우트되어도 바시나처럼 군장으로서 화려하게 활약하지 않고 철저하게 배후의 어둠 속에 있었다.

"유이가 너희들을 피해 숨었기 때문이다. 그런데 지금에 와서 너희는 유이의 존재를 알아챘다. 어째서일까? 이유를 알려주지. 내가 그렇게 되도록 했기 때문이다. 너희가 정보를 얻을 수 있도록 군장으로 삼아 눈에 띄게 한 것이다."

"……!"

여전히 섬뜩한 수단을 쓰는군.

솔직히 기겁했다.

"그, 그럼 이 전쟁은 웨이라 제국이……."

"그래, 이렇게 되도록 내가 유도한 거다."

루이나가 굉장히 시원스럽게 인정했다.

"그러니 난 끝까지 갈 거다. 내가 일으킨 전쟁이니까. 네놈 따위가 나의 제국을 움직인 게 아니다. 오만한 생각은 버려라. 자, 유이."

"──……없앤다."

과묵한 유이가 입을 열었다.

일동이 얼어붙었다.

아토우의 솔직한 고백은 결과적으로 교섭을 나쁜 방향으로 움직여버렸다.

이렇게나 적의를 명확하게 드러내면 어쩔 도리가 없다.

"부, 부디 용서를……! 제가 죽어서 속죄할 테니…… 제발!"

"아직 모르겠나? 네놈의 목숨 따위, 내겐 아무런 가치가 없다. 결국 넌 꼭두각시야. 어차피 이번에도 유이를 죽이도록 지시한 건 제1두임 놈들이 아닌가?"

"……큭."

마치 다 꿰뚫어 보고 있다는 듯한 태도였다.

일방적인 대화에 소리아도 끼어들 여지가 없었다.

"후후, 안심해라. 모조리 죽이겠다는 건 아니니. 내가 제거하려는 건 네놈들의 사상이다. 그게 유이의 바람이니까."

"사상……?"

"너희가 '화'라고 떠받드는 시시한 동조압력 말이다."

루이나의 시선을 받고 유이가 고개를 끄덕였다.

"그, 그럼……."

"처음부터 네 책임 따위는 아무도 관심이 없다. 유이가 원망하는 건 사람이 아니라 너희의 사상이다. 고작 목숨 하나로 풀 수 있는 게 아니지."

네 발악은 의미 없다는 말을 대놓고 들은 아토우는 입을 닫는 수밖에 없었다.

이 협상은 이미 루이나가 지배하고 있다.

"그렇다면 저희 신성 공화국이 동화국을 그 사상에서 해방하겠어요. 합의제 혹은 민주제에 기초한 국가의 기반을 만들겠습니다.

국민 한 사람 한 사람의 의사가 존중되지 않기에 이런 일이 생기는 겁니다. 그 상황을 뒤집겠습니다."

소리아가 어떻게든 이 흐름을 바꿔보려고 움직였다.

그러자 갑자기 루이나의 시선이 내게 향했다. 마치 날 시험하는 듯한 눈빛이었다.

"사상이라는 형태 없는 것에 대처하는 완벽한 답은 찾기 어렵지. 이 의논은 평행선을 달리기만 할 거다. 그러니…… 이번 일은 지드의 결정을 따르는 건 어떨까."

"나……?"

"그래. 따지자면 용을 보내 전장을 어지럽힌 건 네가 아닌가. 이번 전쟁에서 네가 끼친 영향은 무시할 수 없는 수준이다. 그러니 네 의견을 말해봐라."

일제히 시선이 쏠렸다.

모두가 내 한마디에 집중하고 있다.

(소리아의 부탁을 들어서 왔을 뿐이라 딱히 의견 같은 건 없지만……. 한 번 정리해보자.)

루이나의 목적은 동화국의 사상 개혁——이라고 했지만, 실은 영지와 자원의 확대도 계산에 들어가 있을 거다.

한편 소리아는 평화를 위해 싸우고 있다. 특효약으로 사람들을 치료하고 싶다. 동시에 역병으로 약해져 있는 나라를 보호하여 같은 편으로 끌어들일 생각이다.

아토우는 나라와 백성들을 지키기 위해 싸우고 있다. 다른 목적은 없다. 이 자리에서 유일하게 순수한 마음을 가지고 있다.

대륙의 의도에 휘말린 동화국을 동정해야 하는가, 아니면 쓸데없이 웨이라 제국을 건드려서 자멸했다고 생각해야 하는가.

"동화국은 신성 공화국에 맡겼으면 해."

"""……."""

각자의 표정은 쉽게 헤아릴 수 있다.

소리아와 아토우는 기뻐하고 있다.

반대로 웨이라 제국 측은 표정이 시원치 않았다. 전과를 가로채인 꼴이니 당연했다.

하지만 루이나는 표정을 흐트러뜨리지 않았다.

"그런가. 그럼 그렇게 하지."

오히려 깔끔하게 내 의견을 받아들였다.

하지만 아직 내 말은 끝나지 않았다.

"잠깐. 그게 다가 아니야. 웨이라 제국은 동화국을 감독해줘."

"호오……."

루이나의 눈동자가 흥미진진한 듯이 반짝였다.

"지드 씨, 그건 무슨……."

"웨이라 제국이 이 나라에 온 목적은 '화'라는 사상을 없애기 위해서야. 하지만 그게 말처럼 쉬운 건 아니겠지."

"그렇겠죠. 그래서 제국은 동화국을……."

──국가 또는 사람 자체를 없앨 수도 있다.

웨이라 제국은 그걸 실행할 수 있을 만큼 강대하고 강경하다.

그렇기에 나는 이런 제안을 내놓았다.

"개혁을 주도하는 건 신성 공화국이고 웨이라 제국은 이를 감독하는 거지. 그렇게 타협하면 되지 않을까."

이렇게 처리하면 분명 일이 귀찮아질 것이다.

언젠가는 웨이라 제국이 주도권을 잡으려고 신성 공화국에 트집을 잡을지도 모른다.

하지만 거기까지는 내가 알 바 아니다. 내가 대처할 사항이 아니다.

이들이 나에게 바란 건 양국이 납득할 수 있는 절충안이었을 것이다. 그리고 내가 생각해낸 답은 이거다.

"재미있군. 웨이라 제국은 지드의 제안을 받아들이지."

"……알겠습니다. 신성 공화국도 동의하죠."

이렇게 이야기는 정리되었다.

뭐 누군가는 만족스럽지 않을 수도 있겠지.

하지만 그건 아무것도 모르는 내게 의견을 물어본 게 잘못이다.

그 후로 앞으로의 예정 등에 대한 의논이 끝나고, 아토우의 영지로 돌아가려는 찰나 루이나가 내게 말을 걸었다.

"잠깐, 지드. 잠깐 괜찮나?"

루이나 옆에는 유이도 있었다.

나보다 소리아가 먼저 반응을 보였다.

"이후의 자세한 사항에 대해서는 후일 논의하기로 하지 않았던가요?"

"뭘 그리 경계하나. 단순한 잡담이다. 오랜만에 만났으니 동생 이야기 정도는 물어볼 수도 있지 않나."

"……그런가요."

소리아는 내가 웨이라 제국에 회유당하지 않을까 경계하는 듯했다.

하지만 루이나도 여기까지 협의해놓고 뒤엎지는 않을 거다.

내가 너무 순진하게 생각하는 건가.

"난 상관없어. 소리아는 먼저 가 있어."

"알겠습니다. 뭔가 이상한 일을 당하면 말해주세요……?"

나는 걱정스럽게 바라보는 소리아에게 쓴웃음을 지으며 고개를 끄덕이고 루이나가 있는 곳으로 향했다.

안내받은 곳은 루이나의 방이었다.

군선 안에 귀족의 저택 같은 방이 마련되어 있었다.

"지드, 잘 해줬다."

"……무슨 말이지?"

"여러 가지가 있지. 우선 이번 해전은 웨이라 제국이 지는 싸움이었다. 네가 없었다면 우린 이 해변을 밟을 수 없었겠지."

"아, 그때인가……."

"그렇고말고. 용족도 그렇다. 웨이라 제국과 용족은 사이가 나쁘지만, 네 말 한마디로 놈들이 간접적으로 우릴 도와준 게 되었지."

"딱히 의도했던 건 아니야. 우연이야."

"그렇지. 여기까지는 우연이다."

여기까지는?

마음에 걸리는 표현이군.

루이나가 기분 좋은 듯이 미소 지었다.

"드디어 내 남편으로서 자각이 생겼나?"

"나, 남편······?!"

생각지도 못한 말에 심장이 튀어나올 뻔했다.

그러고 보니 루이나가 그런 말을 했었지······.

"그럼 그렇고말고. 애초에 네가 아니었다면 우리 웨이라 제국은 동화국의 땅을 밟을 수 없는 상황이었다. 그래서 이번에는 특별히 네 의견에 따를 생각이었지. 그런데 거기서 넌 날 돕는 길을 선택했잖나."

"······감독 건 말인가?"

"그래. 더구나 나로서는 일주일이나 있으면 웨이라 제국에서 원군을 부를 수 있다."

······그렇군.

루이나는 내가 웨이라 제국의 철수를 요구하리라 생각했던 모양이다.

그러니 '감독'이라는 입장을 마련해준 나는 웨이라 제국이 보기에 자기 편을 들어준 것이다.

애초에 소리아에게 말한 '동화국에 일주일이나 시간을 주는 건 웨이라 제국에 손해'라는 말도 실은 '웨이라 제국은 일주일이나 있으면 동화국을 제압할 정도의 원군을 불러들일 수 있다'는 사실을 감추려는 기만이었다.

　루이나는 여전히 터무니없는 여걸이다. 머리를 굴리는 방식이 다르다.

　"만약 신성 공화국이 협의에 실패하면 루이나는 동화국을 차지할 생각인가?"

　"물론이지. 그들의 사상을 없앤다는 건 어디까지나 유이의 목적이다. 난 거기에 더해 이들의 나라를 원하고 있지. 네 덕분에 손이 닿을 것 같다."

　신성 공화국은 소리아의 수하밖에 없다.

　그들도 우수하지만, 동화국을 힘으로 꺾기에는 부족하다.

　그때 웨이라 제국이 등장하는 것이다. 만약 그들이 힘으로 밀어붙이면 각처에 제국의 입김이 닿은 세력이나 장소를 만들 수 있다.

　소리아가 그렇게까지 자유롭게 하게 두진 않을 것 같지만…….

　"그렇다고 해도 우연이야. 난 거기까지 생각하지 않았어."

　"만약 이게 내 지나친 생각이었다고 치자. 그럼 왜 웨이라 제국에도 이익을 줬지? 그쪽의 시점으로는 웨이라 제국은 다른 나라에 일방적으로 쳐들어가는 나쁜 놈으로 봐도 이상하지 않다만?"

　"내가 동화국에 온 목적은 하나, 단지 소리아를 도와주고 싶었기 때문이야. 나라가 어떻고, 정세가 어떻고, 별로 관심 없었어."

그건 정말이다.

"──다만, 동시에 유이도 도와주고 싶어졌어. 나였으면 분명 증오를 사람에게 쏟아내고 싶었을 거야. 유이의 입장이었다면 실행범인 아토우를 죽였을지도 모르지. 하지만 유이는 참고 사람들의 사고방식을 고치려 했어. 훌륭하잖아."

"하핫. 그렇군. 그렇다고 하네, 유이."

"……."

내 말에 유이가 눈을 감았다.

그 모습을 본 루이나가 어쩔 수 없다는 듯이 한숨을 쉬었다.

"무뚝뚝해서 미안하군. 그래도 이래 봬도 기뻐하는 거다."

"……그렇군."

"그런데 역시 내 남편이다. 다른 사람을 생각해서 움직일 수 있어. 이게 되는 녀석은 좀처럼 없지. 언제 식을 올릴까?"

"아니, 하지 마……. 난 그럴 생각 없어. 애초에 남편이라니, 전부터 말하지만 난 제왕의 자리에 관심 없다고."

"그리 부끄러워하지 마라. 첩이라도 좋다면 쿠에나와 금발 거유, 그리고 애교가 없지만, 유이도 붙여주지. 유이도 싫지는 않지?"

루이나가 말을 걸어도 유이는 움직이지 않았다.

"크크, 동요해서 패닉에 빠진 것 같군. 아아, 그래 소리아와 검성도 집어넣도록 하지. 상당히 독특한 가족이 될 것 같군?"

"멋대로 얘기하는 데에 천재구나, 루이나……."

이렇게까지 하면 순수하게 칭찬밖에 안 나온다.

"뭐, 농담이다. 1할 정도는."

"……그건 농담의 범주가 아닌 것 같은데?"

"지금부터는 진지한 이야기를 하지."

분위기가 확 바뀌었다.

검지를 입가에까지 가져와 장난스럽게 웃었다.

"'광성의 성녀'는 못을 박았지만, 앞일에 관해 이야기하고 싶다."

루이나의 눈동자가 수상하게 빛났다.

원래라면 듣지 말아야 하는 이야기일지도 모른다.

하지만 나는 여기서 이야기를 꺼내는 루이나의 속셈을 들어두고 싶었다.

"……이야기만 하는 거라면."

"그래, 결론부터 말하지. 만약 협의가 잘 안 됐을 경우, 소수정예로 한 곳을 집중적으로 돌파해 영주들의 목을 노려다오."

그러고 보니 아까 말했었지. 나도 참전했으면 좋겠다고.

이 이야기는 소리아에게 들려주면 반대했을지도 모르겠다. 그녀를 빼놓고 이야기를 꺼낸 건 정답일 것이다.

하지만 사실은.

"어차피 부탁 안 해도 그럴 생각이었어."

중간부터 난 이 싸움에 끼어들기로 생각을 바꾸었다.

내가 혼란을 초래하고, 내 의견으로 세 나라의 앞날을 정했다. 그 책임을 져야 한다.

"다행이군. 인적자원도 중요하니 말이야. 남들은 물처럼 쓰고 있다고 생각할지도 모르지만 난 제법 소중히 다루고 있다."

딱히 놀랍지는 않은 말이었다.

루이나의 제국 운영은 분명 혹독할 것이다. 하지만 분명 옛 크제라 기사단과는 궤가 다를 것이다. 그건 웨이라 제국의 강인함에 여실히 드러나 있다. 사람을 혹사하는 기사단은 제국의 힘을 얻을 수 없다.

"유이, 그리고 지드. 난 너희 둘만으로 충분하다고 생각한다."

"난 그래도 상관없어."

필을 넣어도 괜찮지만, 그 녀석을 데려가면 이래저래 시끄러울 것 같으니까. 그렇다고 매정하게 대하면 불평을 들을 것 같고.

"다행이야, 의견이 같아서. 역시 우리는 마음이 잘 맞는군?"

"글쎄다……."

루이나는 무슨 일이 있을 때마다 적극적으로 접근해서 대하기 어렵다.

나는 주제를 바꿨다.

"그보다 결국 쿠에나 얘기는 안 했네. 안 궁금해?"

소리아와 나를 떼어놓은 구실이었을 것이다.

드물게도 루이나가 놀라서 눈을 크게 뜨고 깜빡였다.

"아, 미안하군. 잊고 있었던 건 아니야."

"얘기할 생각은 있었나."

"그래. 우선순위가 좀 밀렸을 뿐이지, 쿠에나가 싫거나 관심이 없다는 건 아니야. ……그래서 어떤가, 잘 지내고 있나?"

"잘 지내도 아주 잘 지내고 있지. S랭크가 되려고 노력하고 있어."

"그런가."

그저 한마디를 하고 기쁜 듯이 고개를 끄덕였다.

여지없이 동생을 생각하는 언니의 모습이었다. 도무지 쿠에나를 배다른 첩의 자식이라고 괴롭힐 사람 같지는 않았다. 쿠에나의 오해인가……? 아니면 루이나를 섬기는 주위 사람이 한 말이었던 걸까.

아니, 그런 일이 있더라도 루이나라면 지켜줄 수 있었을 텐데.

"그럼, 난 간다."

"그래, 부탁한다. 유이도, 쿠에나도."

"둘 다 내 도움이 필요 없을 정도로 강해."

어깨를 으쓱이면서 나는 소리아와 모두가 있는 곳으로 돌아갔다.

◇

일주일이라는 시간은 길다.

아토우가 다른 영주들에게 타진하는 중에는 할 일도 없다. 그래서 시간이 더 길게 느껴졌다.

나는 숙박하고 있는 야영 텐트에서 나와 가볍게 기지개를 켰다.

"흐아아……."

따뜻한 햇볕에 하품이 절로 나왔다.

문득 옆에서 기척을 느꼈다. 어이없다는 표정을 지은 필이 있었다. 옆에는 소리아도 있었다.

"꽤나 마음이 해이해져 있지 않나. 벌써 점심이라고."

"만일을 대비해 휴식을 취하고 있어."

"흥, 말은 잘하는군. 난 방금까지 단련하고 있었다."

보니까 필의 목덜미에서 작은 땀방울이 흐르고 있었다. 정말 단련한 모양이다. 성실하네.

"그럼 왜 단련을 중단한 거야?"

"제가 불렀어요. 지금은 귀중한 휴식 시간이니까요. 지드 씨도 같이 외출하지 않을래요?"

소리아가 빙긋 미소 지었다.

그렇군. 둘이 내 텐트에 온 이유는 이건가.

"난 괜찮은데, 외출한다고 해도 여긴 숲밖에 없는데?"

조금 걸어가면 아토우가 다스리는 영지가 있긴 하지만, 전에 갔을 때는 마을에서 놀 분위기가 아니었다. 역병이 돌고 있으니 당연하다.

"아토우 씨의 거리가 활기를 되찾은 것 같아요."

……어이쿠. 아무래도 내 예상과는 달리 빠르게 부활한 것 같다.

"그런 짓을 하면 동화국 사람들의 몸에 독이 되는 거 아냐?"

"약이 널리 퍼져서 축제 상태래요."

"흐음, 대단하네."

"그렇네요. 다들 협력적이라 약 쟁탈전도 없이 무사히 보급되고 있대요. 보통은 폐쇄적이나 폭력적으로 변하는데."

소리아가 여러 곳을 봐왔기에 할 수 있는 말일 것이다.

확실히 혼란이 일어날 수도 있는 상황이었다.

"이게 '화'라는 건가?"

문득 그게 떠올랐다.

"네…… '화'의 좋은 면이겠지요."

소리아도 내 의견에 이해를 표했다.

"그래서 갈 거냐? 안 갈 거냐?"

필이 더는 기다릴 수 없다는 듯이 물었다.

"어어. 갈 거야."

모처럼이니 약의 효과도 보고 싶다.

지난번에 중증자에게 투여했을 때는 증상이 눈에 띄게 치료되는 듯했다. 그 후로 그들은 어떻게 될 것인가. 그걸 보고 싶다.

◇

마을 둘레에서도 알 수 있었다. 상당히 시끌벅적하게 떠들고 있다.

풍선이 날아다니고 빨간색과 파란색 등 연기가 감돌았다.

진짜로 축제 상태잖아.

"아니, 아무리 그래도 너무 부활이 빠르지 않아? 역병에 걸리지 않았던 녀석들만 소란을 피우고 있는 건…… 아니지?"

마을 안에 들어갔다. 제일 먼저 눈에 들어온 것은 즐겁게 길을 오가는 사람들이었다. 그리고 취객이 즐거운 듯이 술병을 안고 도로변에서 자고 있었다. 좋은 꿈이라도 꾸고 있는지 웃음 짓고 있었다.

그 외에도 아이들이 즐겁게 뛰어다니고 있었다.

"안심하세요. 약으로 잘 나았어요."

"너…… 소리아 님의 말을 의심하는 거냐?"

"아니, 그런 게 아니야. 그저 대단해서."

난 튼튼한 몸을 가지고 있다. 그래서 역병과는 연이 없었다. 금기의 숲속을 나온 뒤에는 감기조차 걸린 적이 없을 정도다.

하지만 모두가 그런 게 아니라는 건 알고 있다.

(역병이 덮쳐 음울했던 마을이 이렇게 부활하다니.)

신성 공화국의 기술력이 대단하군.

그리고 귀중한 약을 혼란 없이 효과적으로 활용하는 동화국 국민의 행동도 놀라웠다.

'화'라는 게 실은 유이의 생각처럼 나쁜 것만은 아닐지도 모른다는 생각이 들 정도로.

"아, 지드 씨! 보세요. 액세서리를 팔고 있어요. 이 귀걸이 예쁘지 않아요?"

"오~ 이거 좋네."

작고 빨간 보석이 박힌 귀걸이다. 자석이 달려있어 귀를 뚫지 않아도 착용할 수 있는 타입이다.

"괜찮으면 해보시겠습니까?"

가게 주인이 권유했다.

소리아도 내가 귀걸이를 한 모습을 보고 싶은 것처럼 눈을 반짝였다.

뭐, 거부할 이유는 없다. 그리고 액세서리라는 물건을 접할 기회도 그다지 없었다.

"그럼 고맙게 한 번 착용 해볼게."

귀걸이를 집어 들었다.

의외로 간단히 달 수 있었다. 힘을 조금 줘서 고리 부분을 열어 귓불 위에 끼우기만 하면 됐다.

"……어때?"

약간 내키지 않는 듯이 대답했다.

이렇게 물어봤는데 안 어울린다는 말을 들으면 평생 트라우마가 될 것 같다.

"——!"

소리아가 놀란 듯한 표정을 보였다. 그리고 얼굴을 확 빨갛게 물들이고 시선을 피했다.

어, 뭐지 이 반응은.

그렇게 생각하는 나를 제쳐두고 소리아가 오른팔을 내밀고 엄지를 세웠다.

"멋져요……!"

"……어, 어어."

안 어울리는…… 건 아닌 모양이다.

"거기 아가씨의 말대로 엄청 잘 어울려요."

과한 반응을 보이는 소리아와는 대조적으로 가게 주인은 지극히 평범한 아부를 했다.

"어, 어이 지드. 그 귀걸이도 잘 어울린다만, 이 반지는 어때?!"

필이 옆에서 노점에 있던 반지를 들고 보여줬다. 하얀색과 검은색이 어우러진 반지였다.

가게 주인이 옆에서 끼어들었다.

"이 귀걸이는 페어가 되는 것도 있습니다. 아가씨도 분명 잘 어울릴 거예요."

"페, 페어……!"

상인 정신이 굉장히 투철하다.

상인이 파란색 보석이 박힌 물건을 소리아에게 보여줬다. 확실히 형상이 비슷하다. 보석도 색은 다르지만 크기까지 똑같다.

"지, 지드 씨……! 괘, 괘괘, 괜찮을까요……?!"

소리아가 떨리는 목소리로 물었다.

상당히 움츠러든 모습으로 미안한 듯이 행동했다.

"그래, 같이 사자."

"아, 아뇨! 지드 씨가 사다뇨……! 이번에 도움받았으니 약간은 보답하게 해주세요!"

소리아가 다짜고짜 값을 치렀다.

그 빛마저도 따돌릴 것만 같은 속도에는 나도 따라가지 못했다.

"헤헤, 감사합니다!"

가게 주인이 싱글싱글 웃으며 인사.

그리고 소리아가 귀걸이를 했다.

"어, 어떤가요······?!"

원래부터 전장에 핀 꽃과 같은 미소녀다. 거기에 예쁜 귀걸이가 더해지니 좋은 악센트가 되었다.

"응, 잘 어울려."

솔직한 감상이다.

그 말을 듣자 소리아는 기쁜 듯이 고개를 끄덕였다.

우리는 큰 사건 없는 동화국에서의 나날을 보냈다.

◇

밤, 모두 잠들어 고요한 시간.

근처에서 갑자기 기척이 느껴졌다.

"누구냐?"

나는 텐트 너머로 갑작스럽게 온 방문자에게 말을 걸었다.

그 기척의 주인이 움찔, 떨었다. 뭔가 발길을 돌리는 듯한 소리가 들렸지만, 그만둔 듯했다.

"나, 나다. 잠깐 괜찮나?"

한 박자 뒤에 평소보다 높아진 목소리가 들렸다.

필이었다.

"어어, 괜찮아."

"……들어간다."

천막을 옆으로 치우며 필이 발을 들여놓았다.

어쩐지 얼굴이 붉었다.

시선도 불안하게 움직였는데, 나와 눈을 마주치는 걸 피하는 듯했다.

게다가 양손을 허리 뒤로 돌려 뭔가를 숨기고 있었다.

"자, 앉아."

"으, 응. 고맙다."

신성 공화국이 준비해준 개인용 텐트 안에는 가구가 갖춰져 있다. 이렇게 손님을 맞이할 수 있을 정도의 의자도 있다.

필이 앉은 걸 보고 나도 침대에 걸터앉았다.

"왜 그래? 무슨 일 있었어?"

"아, 아무것도 아니다. 이상한 억측은 하지 마라!"

필이 언성을 높이며 부정했다.

하지만 여전히 필은 쭈뼛대고 있었다. 평소 분위기와는 다른 게 재밌었다.

"……어, 어이. 그러니까. 그…… 약속…… 말인데……."

목소리는 작고 떨렸다. 굉장히 듣기 힘들었다.

약속?

필과 뭘 약속한 적은 없는데?

아무리 기억을 더듬어도 떠올릴 수 없었다.

"미안, 무슨 얘기야?"

"……스…………."

더 듣기 힘들어졌다.

"미안. 좀 더 목소리를 크게……."

"──키스 얘기라고! 몇 번이나 말하게 하지 마라!"

"잠깐, 이번에는 너무 커."

아까부터 목소리가 커졌다 작아졌다 해서 대응하기 난처하다.

……그보다.

키스……?

필이 소녀처럼 머뭇거렸다. 평소엔 말투가 남자 같고, 남자다운 태도가 두드러진다. 그래서 더욱 이상했는데…….

(……그 키스?)

필의 상태를 보아하니 입을 맞추는 키스를 말하는 것 같다.

하지만 그렇다 쳐도 대체 무슨……?

(아. 그러고 보니 있었지. S랭크 시험 때 쿠에나와 실라와 한 약속이…….)

필은 분명 그 이야기를 듣고 있었다.

그리고 자기도 약속한 것처럼 반응했던 기억이 난다.

그렇구나. 그래서 아까부터 태도가 불안정했구나.

그러고 보니 처음 만났을 때도 미심쩍어 보였던 건 키스에 대해 생각하고 있었기 때문일 것이다.

꽤나 폐를 끼쳐버린 것 같다.

"아아. 미안해, 착각이야. 그건 쿠에나와 실라에게 동기를 주기 위해서 한 약속이었어."

"뭐……?!"

필이 허리 뒤에 숨기고 있던 손에서 사각형 꾸러미가 툭 떨어졌다.

떨어졌을 때 안에 든 것이 확 열렸다. 들어있던 것은 검은색과 흰색의 페어룩 반지였다. 그건 노점에서 필이 마음에 두었던 물건이다.

나는 내 대답을 듣고 굳어버린 필 대신 그걸 주워줬다.

"떨어뜨렸는데?"

"돼, 돼, 됐다! 필요 없다……!"

필이 도로 밀쳤다.

"나, 난 딱히 착각 같은 건 안 했다! 딱히 키스 같은 건 바라지 않는다! 그 반지도 적당히 산 거라고!"

필이 울먹이면서 나가려고 했다.

"잠깐만."

나는 떠나려는 필의 팔을 잡았다.

그러자 필이 왠지 기대를 담은 시선으로 나를 바라봤다.

"필요 없다고 해도 네 거니까…… 자."

"제에에에에엔~ 자아아아앙!!!"

조용한 밤에 필이 우는 소리가 울려 퍼졌다.

……대체 뭐지.

제4화 과거의 통곡과 함께

일주일이 지났다.

제4두임령으로 간 사자가 돌아왔다. 전하는 말로는 신성 공화국의 보호령에 동의했다고 한다.

영주도 대동했으니 안심해도 좋을 것이다.

그 말을 들은 소리아 일행은 약을 준비해서 보냈다.

하지만 제4두임령 이외의 길보는 기다려도 오지 않았다.

——사자조차도.

"——그럼 남은 영지는 무력으로 제압한다. 이론은 없겠지?"

"좀 더 기다려주실 수 없나요? 뭔가…… 일어나고 있을지도 몰라요."

"이 이상은 기다릴 수 없어. 놈들이 요격 준비를 하고 있으면 우리 피해만 커진다."

"……그렇지만."

"괜찮겠지?"

"……."

교섭의 장에서 웨이라 제국의 진군이 정해졌다.

물론 진군이라고 해도 나와 유이를 비롯한 소수 돌입, 영주 암

152 악덕 기사단의 노예가 착한 모험가 길드에 스카우트 되어 S랭크가 되었습니다 4

살이 메인이다.

"안심하거라. 소수로 움직이면 아군의 피해도 적의 피해도 적다."

"소수……?"

"유이와…… 그렇지. 지드, 너도 도와주지 않겠나?"

마치 처음 제안하는 듯한 태도였다. 지금 생각해냈다는 착각마저 들었다.

뭐, 미리 이야기했다고 하면 소리아는 화낼 테니까.

"무슨! 지드 씨의 손을 더럽힐 생각인가요?!"

"괜찮아, 난 상관없어. 오히려 서둘러야지. 병으로 괴로워하는 사람이 있잖아?"

"지드 씨……. 알겠습니다, 당신이 그렇게 말씀하신다면……."

소리아도 마지못해 수긍했다.

해가 저무는 저녁 무렵.

난 유이와 합류했다.

"안녕. 난 빈손으로 왔는데, 상관없지?"

유이가 딱 한 번 고개를 끄덕였다.

평소보다 조용하다. 아니, 기척을 죽이고 있다. 잠깐 눈을 돌리면 기척을 놓칠 것 같다.

이미 임무 모드에 들어가 있는 것이다.

"……"

유이가 신호도 없이 달리기 시작했다. 나는 일단 그녀의 등을 따라갔다.

유이의 움직임이 상당히 날랬다. 그리고 발소리가 없다. 귀를 기울이면 바람을 가르는 소리가 미약하게 들려오는 게 전부였다. 곁에 있는데도.

"장소는 알고 있어?"

"……."

대답은 없었다.

뭐, 아니까 달리고 있겠지.

여긴 그녀의 고향이고, 웨이라 제국이 목적지도 모르고 임무를 주지는 않을 거다. 사전에 지도 같은 것을 조달했을 것이다.

"……."

"……."

침묵이 이어졌다. 딱히 불편하지는 않았다.

(유이가 평소 이상으로 조용한 건…… 임무 모드에 들어가 있어서인가?)

만약 내가 유이였다면 어땠을지 생각했다.

유이에게 동화국 영주들은 모두 원수일 것이다. 지금부터 우리는 영주들을 제압, 혹은 제거한다.

물론 백성을 구한다는 대의가 담긴 일이다. 하지만 사람을 죽이는 일에 저항감이 없는 건 아니다. 더구나 유이는 적어도 그들과 면식이 있을 것이다.

여러 감정이 뒤섞였을 것 같다.

"······괜찮아?"

그런 말을 던졌다.

하지만 역시 대답은 없었다.

그저 일심불란으로 앞을 보고 있었다.

(임무에 몰입하고 있나. 잡생각이 많은 것보다야 좋지만······.)

이런 상태에서 외부 자극으로 감정이 폭발하면 분명 멈추지 않을 것이다.

난 마음의 정리를 먼저 마치고 일을 해야 한다고 생각한다. 하지만 이건 어려운 문제다.

"······뭐, 너무 마음 졸이지 마. 탐지 마법으로 보아 이 주변에 적은 없어."

너무 시끄럽지 않게 보조했다.

유이 혼자서도 영주들을 죽일 수 있을지도 모른다. 루이나도 그만한 기대를 하고 있을 것이다.

그래도 날 같이 보낸 건 더욱 확실하게 처리하기 위해서다.

그렇다면 나는 단순히 실력 때문에 선발됐을까?

아니, 그뿐만이 아니다.

분명 유이의 심리도 고려한 처사일 것이다.

내가 있으면 여유가 생길 것이다. 설령 유이가 움직이지 않더라도, 내가 움직이면 어떻게든 될지도 모른다······.

◇

해가 완전히 저물었다.

사람들은 집으로 돌아가고 밤거리가 북적이기 시작할 시간이지만, 제3두임가 영지에는 웃음소리 하나 없었다.

"다 죽어가는 마을이네……."

애초에 살아있는지조차 알 수 없었다.

빛이 듬성듬성 있었지만, 달빛이 차라리 더 밝을 정도였다.

"……."

유이가 태연하게 단층집 옥상으로 올라갔다. 여전히 소리는 없었다. 역시 밀정부대에 있던 자다운 실력이다. 나도 소리를 내지 않도록 흉내 내보았지만 그리 쉽지는 않았다.

우리는 마을을 지나 중심부에 도착했다. 그곳에는 성 같은 거대한 저택이 있었다.

"저긴가."

"……."

유이의 다리가 잠시 주춤했다.

역시 그녀 나름대로 긴장하고 있는 것 같다.

"──갈 수 있겠어?"

말로 격려했다.

거리는 별거 없지만, 정신적으로 어려운 여정이다.

"……응."

유이가 오늘 처음으로 대답을 해줬다.

각오는 됐다는 건가.

만약 나약한 소리를 해도, 난 그걸 받아들일 생각이었다. 하지만 유이는 나아갈 생각이다.

유이가 먼저 가고, 나는 그 뒤를 따라갔다.

우리는 그대로 저택 안으로 들어갔다.

(흠…….)

쥐 죽은 듯이 고요했다. 건물만 멀쩡하지, 마치 폐허에 온 것 같았다.

하지만 탐지 마법은 속일 수 없다.

아무래도 이미 우리를 환영할 준비를 마친 모양이었다.

"유이."

"……."

유이가 작은 칼을 뽑고 장지문을 밀어 열었다.

"흥, 올 줄 알았다."

제3두임가의 영주였다.

그는 매우 화려한 모습을 하고 있었다. 노출도가 높고 미색을 풍기는 옷차림이었다.

얼굴에는 짙은 화장을 했지만, 나이를 감출 수는 없었다. 아마 50대 정도가 아닐까.

주위에는 실력 좋아 보이는 호위 다섯이 대기하고 있었다.

이 방은 장지문이 사방을 둘러싸고 있는데, 우리가 있는 방면을 제외한 세 곳의 장지문 너머에 병사가 더 숨어있다.

"······사카키 코마."

유이가 제3두임의 이름을 말하자, 사카키는 얼굴을 일그러뜨리며 소리쳤다.

"내 이름을 부르지 마라, 배신자의 자식이!"

여자의 고함과 함께 측근이 우리를 향해 달려들었다.

그러나 그들은 뭔가를 하기도 전에 바닥에 쓰러졌다.

유이의 작은 칼이 잔상으로 전했다. 그들을 쓰러뜨렸다고. 압도적인 속도다.

"흥, 저런 계집애가 잘도 자랐네. 추잡하게 살아남기나 하고 말이야. 빨리 시체를 보고 싶어서 바다 너머까지 사람을 보냈는데."

"입이 험하네. 유이가 뭘 한 것도 아니잖아."

"그 계집의 핏줄은 살아있는 것만으로도 죄야! 죽음으로 속죄해라!"

그렇게 말하자 장지문에 숨어있던 병사들이 나타났다.

"······우리는 그런 시시한 얘기를 하기 위해 온 게 아니야. 아직 늦지 않았어. 신성 공화국의 보호령이 될 생각은 없어?"

"하하! 이 머릿수를 보고 겁에 질렸나?! 바보 같은 소릴 하는군. ──이 녀석처럼 말이야."

여자가 무언가를 우리 앞으로 내던졌다. 제3두임가에 보낸 사자의 머리였다.

교섭은 결렬된 것 같다. 대화의 여지조차 주지 않았다.

명확한 적의의 증명이 눈앞에 있었다.

"……!"

유이가 나보다 빨리 호위병에게 칼날을 부딪쳤다.

매우 가볍고 빠른 움직임이었다. 하지만 저건 오로지 속도만 빠를 뿐이다.

유이의 실력이라면 상대의 다음 수도 읽을 수 있을 것이다. 적의 반격을 피하지 않고 받아넘기면 움직임이 줄어 체력 소모를 아낄 수 있다. 하지만 유이는 오로지 속도로 제압하고 있었다.

물론 저것도 방법이다. 하지만 그녀답지 않은 행동이었다.

유이의 싸움을 많이 본 건 아니지만, 내가 아는 그녀는 세련되고 선명한 움직임이 특기였다.

"무…… 무슨……!"

사카키가 크게 동요했다.

유이는 순식간에 호위 병사들을 섬멸했다.

그들이 약한 것이 아니다. 유이가 그들을 능가하는 역량을 가지고 있었을 뿐이다.

"한 번 더 묻는다. 보호령으로 들어올 거냐?"

이제는 협박이나 마찬가지였다.

"──이 쓰레기 놈들이! 아비뿐만 아니라 딸까지 배신하는 거냐!!! 어쩔 도리도 없는 쓰레기가! 어차피 추잡한 일을 하면서 살아왔겠지?! 그런 더러운 돼지가──."

결국 유이가 사카키의 목을 날렸다.

유이를 막을 생각은…… 들지 않았다.

"이 다음은 어떡할래?"

"……."

유이가 시체를 응시했다.

내 말이 들리지 않는 듯했다.

그녀의 머릿속에서 임무는 안중에도 없을지도 모른다.

어떻게 해야 할까.

임무에 집중시켜야 하는가.

"루이나한테 뭐 들은 거 없어?"

유이의 어깨를 잡고 물었다.

그러자 겨우 정신을 차린 듯했다.

"……아."

유이가 겨우 낸 목소리가 그거였다.

그녀는 아무것도 없는 허공을 바라보면서 품에서 한 장의 메모를 꺼냈다. 내용이 살짝 보였다. 이름과 장소. 분명 지금부터 '이야기'를 매듭지으러 가야 할 자들인 듯했다.

종잇조각이 유이의 손에서 팔랑 떨어졌다.

유이의 손이 떨리고 있었다.

(유이…….)

메모는 루이나가 만일을 위해 넘긴 것이리라.

보통은 은밀 임무에 이런 걸 갖고 다니지는 않는다. 작전 내용이 탄로 나면 곤란하니까.

그러니 작전 전에 유이도 종이에 있는 내용을 전부 머리에 집

어넣었을 것이다.

　그래도 가져와서 기억해내려고 한 건 분명 머리가 새하얘졌기 때문이다.

　(유이의 손이 떨리는 건 동요 때문인가.)

　유이의 얼굴이 조금씩 창백하게 물들어갔다.

　감정이 해동되고 있다.

　"……참………아…………."

　바람이라도 불면 완전히 사라질 것 같을 정도로 작은 목소리.

　굉장히 가냘팠다.

　"아니, 참지 않아도 돼."

　나는 이런 때에 어떻게 하면 좋은지 모른다.

　하지만 루이나라면 분명 이렇게 했겠지.

　나는 유이를 끌어안았다.

　"……!"

　유이가 눈을 크게 뜨면서 나를 바

　평소의 유이에게서는 볼 수 없는 귀한 얼굴이었다.

　괴로운 듯이 눈물을 글썽이는 모습…… 아마 이후 평생 볼 일이 없을 것 같다. 아니, 보고 싶지도 않다.

　"미안, 싫었어?"

　"따뜻해……."

　유이가 내 가슴팍을 꼭 잡으면서 머리를 파묻었다.

　"마음에 들어서 다행이야."

나는 탐지 마법으로 여럿이 모여들고 있다는 걸 감지했다.

귀찮아지기 전에 철수하자.

"전이."

그렇게 말하고 여기에 올 때 지나온 숲으로 유이를 데리고 이동했다.

전이하고 한동안 유이는 떨어지지 않고 소리 죽여 울었다.

그녀의 눈물이 멈출 때까지 약 한 시간은 걸렸을 것이다.

"멋대로 판단했어. 미안해."

이제 괜찮은 것 같다.

아마 사카키인가 뭔가를 멋대로 죽인 사죄일 것이다. 내 의견도 듣지 않고 저질렀으니까.

어쩌면 설득할 수 있었을지도 모른다. 만약 그녀가 보호령에 동의했다면 소리아나 루이나의 수고도 줄어들었겠지.

"괜찮아. 네가 안 죽였으면 내가 죽였을 거야."

그런 잔혹한 대답이 나왔다.

……이건 전쟁이다.

사적인 감정이 없는 건 아니다. 유이를 위해 더 빨리 죽였으면 좋았을 거라는 생각마저 했다.

그만한 대의명분과 이유도 있다.

하지만 인간으로서 불쾌한 기분이 마음속 어딘가에 있었다.

"……."

유이가 침묵했다.

왠지 모르게 무슨 생각을 하는지 알았다.

사적인 감정이 들어갔던 게 마음의 정리가 안 되는 것이리라.

"난 유이가 훌륭하다고 생각해."

"……?"

유이가 내 가슴팍에서 이상하다는 듯이 고개를 갸웃했다.

"난 가족은 없지만, 소중한 사람을 잃는다면 분명 모두 죽여 복수하려 들겠지."

그건 과장 없는 진실이다.

난 그렇게 격한 감정은 억누르지 못한다.

감정대로 움직인다.

"그러니까 유이는 훌륭해. 사람을 해치지 않고 사상을 바꾸려 하고 있어. 나였으면 사상을 가진 놈들을 모조리 없애버릴 것 같은데."

내 인격은 잘난 게 없다. 그래서 유이가 얼마나 훌륭한지 확실히 알 수 있다.

"누구한테 칭찬받는 것도 아닌데, 열심히 하고 있어. 잘 견디고 있어. 이번 사카키 건도 필요한 희생이라고 생각해. 백성들에게 약을 주려면 어쩔 수 없었어."

스스로 생각해도 이 말은 너무 뻔뻔스러운 것 같았다. 어느 책에서 읽은 어딘가의 독재자가 할법한 말이다.

하지만 이 말이 유이를 치유해준다면 상관없다.

"……왜?"

"응?"

"왜 잘 대해주는 거야?"

마치 평범한 소녀 같은 말이었다.

어쩌면 이게 그녀의 본모습인지도 모른다.

"……글쎄. 친근감이려나? 나도 고아였으니까."

하지만 난 가족을 잃었을 때의 아픔을 모른다.

내 말은 막연한 상실감만이 있는, 얄팍한 말이었을지도 모른다.

하지만 유이는 입가에 미소를 지었다.

"그래……."

지금 설마, 웃었나?

표정이 변하는 도중 유이가 고개를 숙인 탓에 제대로 못 봤다.

어떤 얼굴인지 들여다보고 싶은 호기심 솟았지만 어떻게든 자제했다.

"지드…… 고마워."

"그래."

유이가 내게 몸을 기댔다.

귀를 기울이니 자면서 내는 숨소리가 들려왔다. 긴장이 풀려 잠들었을 것이다.

아직 임무 중이지만 이대로 재워두자.

나는 유이를 나무에 기대 앉혔다.

(자, 그럼.)

유이가 떨어뜨린 메모를 주워 읽어보았다.

역시 목표 대상들이 적혀있었다.

(마력을 제법 잡아먹겠지만 결계를 치고 갈까.)

만약 유이에게 위험이 닥치면 전이로 날아올 수 있다.

그때까지는 나 혼자 움직이자.

◇

해가 뜬다. 내키지 않아도 시간을 제법 들이고 말았다는 걸 알 수 있었다.

하지만 서둘러 온 만큼 상당한 거리를 답파할 수 있었다.

제1두임령.

(역시.)

탐지 마법에 따르면 모두 여기 모여있다.

제3두임인 사카키가 암살당하자마자 제2두임이 자신의 호위를 데리고 제1두임령으로 도망친 것이다.

(우리가 오늘 움직일 걸 알고 있었나?)

그러고 보니 사카키도 미리 대비하고 있었지.

제2두임은 사카키의 죽음을 보고 혼자 맞서는 건 무모하다고 판단했을 것이다.

그 행동력은 다른 곳에 써줬으면 했는데.

(성⋯⋯인가?)

제1두임이 기다리는 곳은 저택이라 부르기에는 크고, 성이라 부르기에는 독특했다.

지붕에 황금색 물고기 장식이 좌우에 한 쌍으로 놓여있었다.

이게 동화국의 성인가.

두임 사이에는 서열이 없다고 들었는데, 제5두임과 비교하면 규모가 전혀 달랐다.

건물 안에는 황금이나 백금으로 가공된 보물과 거대하고 치밀한 그림이 장식되어 있었다. 건조물에 사용된 돌과 나무도 질감이 고급스러웠다.

"혼자인가?"

묵직한 무게감이 있는 목소리가 들렸다.

난 이미 포위되어 있었다. 애초에 이 녀석에게 가기 위해서는 스스로 포위되는 것 외에는 선택지가 없었다.

"그래. 네가 제1두임 코구마로군?"

"……흥."

대답은 없었다.

하지만 겉모습의 특징이 유이의 메모와 일치했다.

검은 머리카락에 검은 눈동자, 단련한 육체. 오른쪽 눈에 베인 상처.

옆에 있는 제2두임도 마찬가지였다.

"분명 그 계집도 올 줄 알았는데. 엉뚱한 사람을 치러 온 것 아닌가?"

또 질문을 받았다.

내 질문에는 대답하지 않는데, 왜 자기는 물어보는 걸까.

기분이 그리 좋지 않았지만, 일단은 최종 교섭을 해야 하니 꾹 참고 용건을 전했다.

"여기에 온 목적은 하나다. 신성 공화국의 보호령이 되어, 약을 민중에게 나눠주면 좋겠어."

"──그래서, 그 계집은 어디에 있지?"

또 내 말을 무시했다.

참자…….

"……그건 왜 알고 싶은 거지?"

"당연한 일이다. 놈들의 죄를 물어야 한다."

"유이의 가족을 말하는 건가?"

"그렇다. 시체가 사라져서 효수도 못 했지. 차라리 잘된 일이다. 유이를 가지고 놀다가 죽여서 효수할 거야."

여기에 있는 모두가 동의한다는 듯이 입가를 일그러뜨리고 웃었다.

"쓰레기들이."

오식──【격진】.

난 수장 둘을 제외하고 날 둘러싼 놈들의 의식을 날렸다.

제법 단련한 자들은 무릎을 꿇었고 나머지는 모조리 쓰러졌다.

"무, 무슨 일이?!"

나는 코구마에게 다가가 머리를 잡았다.

"내 말에 따르는 게 어때? 네가 입 다물고 인형 노릇을 해주면 끝나."

"……아."

방금까지 발랄했던 얼굴이 공포에 떨고 있었다.

그는 목이 꺾일 듯이 고개를 끄덕끄덕 끄덕였다.

"좋아. 그럼 신성 공화국의 보호를 받겠다는 거지?"

"아, 알았다. 그러니…… 주, 죽이진 말아줘."

굉장히 쉽게…….

아니, 이걸로 된 거다.

"그럼 지금부터 신성 공화국과 웨이라 제국이 있는 진지로──."

"하하하하핫! 바보가!"

코구마가 칼을 휘둘렀다.

내가 눈을 뗀 타이밍에.

"마지막에 이기는 건 정의다! 다음은 그 계집이다! 옛날부터 제5 놈한테는 화가 나서 참을 수가 없었다! 네놈들은 살아서 돌아갈 수 있다고 생각하지──."

땡강, 하고 날붙이 파편이 땅에 떨어졌다.

나에게 닿아 부서진 코구마의 칼이었다.

"──마지막에 이기는 건 정의?"

다행이다.

이 녀석들만큼은 못 본 척하고 싶지 않았기 때문이다.

유이를 모욕하고 상처 입혔다. 이 녀석들에 대한 증오가 폭발

할 것만 같았다.

(아아, 나도 쓰레기구나.)

스스로 생각해도 웃겼다.

이런 녀석이었나, 나는.

인간 세상에 나와 본성이 드러난 것인가. 아니면 영향을 받은 것인가.

"뭐, 난 용사도 뭣도 아니니까, 괜찮겠지."

"──아아아아아아아아아아아아악????!!!!"

코구마의 머리를 들어 올려 바닥에 내던졌다.

단지 그뿐이었다.

그것만으로 그는 숨이 멎었다.

정신을 차리고 보니 제2두임도 휘말려 쓰러져있었다.

거의 죽었다.

살짝 힘을 주고 사람을 던졌을 뿐이다.

단지 그것만으로 내 손에 뭐라 형언할 수 없는 불쾌감이 엄습했다.

목숨을 빼앗는 게 처음인 것도 아닐 텐데.

(유이를 데리러 가고, 소리아와 모두에게 보고해야겠어.)

성이 무너지는 소리를 들으면서 홀로 쓸쓸하게 그런 생각을 했다.

여기에 유이를 데려오지 않기를 잘했다.

분명 그녀가 들었으면 상처를 받았을 테니까.

제3두임 때의 일만으로도 뼈저리게 알았다.

"……응."

등에서 느릿느릿 몸을 움직이는 감촉이 전해졌다.

유이다.

난 잠든 그녀를 업고 돌아가고 있었다.

"일어났구나. 좋은 아침."

"아침……!"

이미 날이 밝았다.

임무를 떠올린 유이가 등에서 허둥댔다.

"괜찮아. 이미 끝났어."

내가 그렇게 말하자 유이는 조용해졌다.

"……."

잠시 정적이 흘렀다.

그녀 안에서 이런저런 생각이 돌고 있을 것이다.

나만 일을 하게 만들어버린 죄악감과 잠들어버린 자신을 책망하는 것.

"……어땠어?"

유이가 처음으로 물어본 것은 결과였다.

"도무지 말을 듣지 않아서 조금 힘을 써버렸어."

"……."

뭔가를 알아차렸는지 유이가 입을 다물었다.

그리고 어깨를 가볍게 두드리고 '내려줘'라고 중얼거렸다.

"피곤하지? 좀 더 쉬어도 되는데?"

유이가 내 말도 듣지 않고 땅에 섰다.

그리고 한 발 앞으로 나온 다음 무릎을 굽히고 등을 돌렸다.

"……자."

"유이가 날 업겠다고?"

"응. 난 충분해."

나도 모르게 웃음이 났다.

소탈하고 순수했다.

이게 그녀 나름의, 일을 땡땡이 친 죄일까. 아니면 뭔가를 헤아렸기 때문에 하는 배려일까.

"그렇겠지. 그렇게 푹 자고 있었으니까. 하하."

"읏."

내가 그렇게 말하자 유이가 겸연쩍은 듯이 볼을 빨갛게 물들였다.

평소와는 달리 표정이 풍부하다.

"마음만 받아둘게. 난 그렇게 약하지 않아."

가볍게 유이의 머리를 쓰다듬고 앞으로 나아갔다.

……코구마를 죽였을 때의 생생한 불쾌감이 다시 떠올랐다.

아무래도 그때의 감촉이 기억에서 사라지지 않는다.

(대체 뭐지. 이건…….)

목숨을 빼앗은 적은 헤아릴 수가 없다.

사람을 죽인 적도 있다. 기사단 시절에는 전쟁에도 가담했고, 최전선에서 싸워왔다.

하지만 그때와는 뭔가 달랐다.

그게 이해가 안 됐다.

"지드."

꼬옥 하고 손을 잡혔다.

유이의 부드러운 양손에 감싸여 있었다.

"——고마워, 지드."

유이답지 않은 말씨다.

얼굴도 한층 더 붉히고 있다.

뭐랄까. 귀엽다.

문득 깨달았다.

(……손의 불쾌감이 사라졌어.)

아아, 그래.

난 그때, 명확한 악의로 사람을 죽였어.

'이 녀석들을 죽여서 다행이다.'

난 그런 생각을 하고 말았다.

잔혹하고 잔학해서 존엄이라는 말이 머리를 스치지도 않았다. 소리아가 보고 있었다면 분명 격노했을 것이다. 그만큼 무자비한 것이다.

"나야말로 고마워."

"?"

유이가 고개를 갸웃했다.

왜 내가 고마워하는지 모를 것이다.

그래도 딱히 상관없다.

굳이 말하기는 부끄럽다.

(유이의 '고마워'라는 말의 따뜻함은…… 그때의 악의에 면죄부를 줬다.)

누군가를 구할 수 있었다고.

내 안에서 평생 사라지지 않을 악의. 절대 사라지지 않겠지만, 그걸 용서해주는 면죄부.

"돌아가자. 소리아와 루이나가 기다리고 있어. 그리고 필도. 지금의 마력 잔량이라면 전이는 할 수 없지만 우리라면 오늘 안에는 도착해."

"……응."

그리고 우리는 나란히 걸었다.

◇

돌아가는 도중, 유이가 입을 열었다.

"우리 집은 적극적으로 대륙과 교류를 하려고 했어."

마치 독백하는 듯한 말투였다.

유이치고는 드물게 유창했지만.

"실제로 동화국에서 우리가 가장 대륙과 가까웠으니까, 어렵진 않았어. 문제는 다른 두임."

"그때부터 이미 외부에 기대지 않고 나라 안에서만 일치단결하자는 분위기였구나."

"응. 그래도 부모님은 외교를 진행하려고 했어. 가끔 표류해서 오는 대륙 어부들의 이야기가 재밌었으니까."

"······그러다가 변을 당했다고?"

"응."

유이가 수긍했다.

평소와 같은 무표정이었다. 어둡지도, 밝지도 않다.

하지만 왠지 유이의 감정을 알 것 같았다.

떨쳐낸 거다. 그녀는 그간 달관을 했을 것이다. 비장한 현실을 살아왔기에 도달할 수 있는 영역이었다.

부모님은 죽었고 모두 지나간 일이 되었다고.

지금에 와서 나에게 이야기하는 건 누군가가 알아주길 원해서일 것이다. 자기 부모님의 이야기를.

"처음엔 조금씩 교류를 해나갔어. 역사 이야기나 최근의 시사 이야기만 했지. 하지만 그러는 동안에 기술제휴가 시작됐어. 그게 결정적이었어."

다른 사람이었으면 목소리에 감정이 묻어날 법도 한데 유이는 지극히 담담하게 이야기를 이어갔다.

"다른 두임과 제휴하기로 했을 터였는데, 실상은 뒤에서는 공작이 진행되고 있었어. ──그리고 결국 암살당했어."

"아토우, 인가."

"그 무렵에는 역병은 큰 문제가 아니었어. 감기 정도라고 인식했지. 동화국만으로도 순조로웠어. ……그래서 아버지의 언동은 심복인 그로서도 간과할 수 없었지."

유이가 당시의 아토우를 옹호하듯이 말했다.

그녀는 분명 아는 것이다. 그 모든 일이 '이미 어쩔 수 없는 일'이라는 것을. 물론 도저히 용서받을 일이 아니다. 하지만 유이는 구애되지 않는다는 선택을 했다.

신기한 감각이었다.

"유이는 원망하지 않았어? 예를 들어서 누군가를 죽이고 싶다든가."

"생각했어."

솔직한 대답이 돌아왔다.

현재 그녀의 태도와 어울리지 않는 대답에 약간 의외성을 느꼈다.

"하지만 루이나 님이 다정하니까 괜찮지 않을까 싶었지."

"루이나가?"

"꼬옥, 안아줘."

유이가 살짝 미소 지으며 말했다.

……아무래도 귀한 이야기를 들어버린 것 같다.

가족을 잃은 유이에게 있어서 루이나의 포옹은 분명 귀중할 것이다. 잊혀 가던 감각을 상기시킬만한 행동일 것이다.

"──그리고, 옳았어. 부모님이."

"뭐가?"

"나쁘지 않아. 웨이라 제국도, 길드도."

유이가 내 옷자락을 잡았다.

그녀의 가족이 추진하던 교류에 대해 말하고 있는 것이라는 걸 알았다.

"그건 다행이네."

정말 다행이라 생각했다.

◇

"있잖아, 유이."

우리는 동화국을 전망할 수 있는 산에 있었다.

길이 정비되기 전에는 좀처럼 다다를 수 없는 비경이었다고 한다.

여기에 오면 동화국을 한눈에 바라볼 수 있다.

제1두임가의 성을 파괴해버린 탓에 동화국에 있던 유일한 상세 지도가 사라져버렸다. 그래서 여기서 측량을 한다는 모양이다.

우리는 그 호위다.

관광 왔다고 해도 좋을 만큼 경치가 아름답긴 하지만.

"왜?"

유이가 조용히 대답했다.

평소대로의 그녀다.

"네가 없애고 싶다는 '화'라는 거, 그렇게 나쁜 걸까?"

"⋯⋯."

유이는 눈을 맞춰주지 않았지만, 내 말에 귀를 기울이고 있었다.

"우리가 임무에서 돌아오고 이틀간 루이나가 엄청난 기세로 제압했잖아. 하지만 저항 세력이 많이 나타났어."

그들은 두임과 주요 간부 살해를 대의로 삼아 일반 민중을 선동하여 싸우려고 했다.

루이나는 예상한 일이라고 말했지만, 저항군의 사기는 한없이 높아져 있었다. 결코 쉬운 적이 아니다.

"──근데 결국, 녀석들은 싸우지 않았어."

누가 말을 꺼냈는지는 모른다. 하지만 머지않아 검과 창을 버리는 녀석이 나타나기 시작했다.

소리아가 준 약이 효과가 있다는 걸 알자, 이 싸움이 무의미하다는 걸 깨달은 것이다.

결국 백성을 선동하던 자들도 포기했다.

"나는 거기에 '화'가 있었던 게 아닐까 생각해. 피를 흘리지 않고 끝난 건, 네가 싫어하는 사상 때문이 아닐까."

"⋯⋯."

나로서는 유이의 표정에서 생각을 읽어낼 수가 없다.

어금니를 깨물지도, 미간을 찌푸리지도, 눈을 날카롭게 뜨지도 않았다. 미묘한 변화조차 보여주지 않았다.

유이가 내 말을 어떻게 생각하고 있는지 도무지 알 수가 없었다.

오랜만에 고향의 대지에 발을 들인 그녀가 무엇을 하고 싶은지.

"지드 씨의 말대로예요."

갑자기 뒤에서 목소리가 들렸다.

소리아였다. 옆에는 루이나도 있었다.

동화국이 한눈에 보이는 곳에서 수뇌끼리 모여 이후의 방침을 이야기한 모양이다.

여기에 아토우와 제4두임이 와있다는 건 사전에 들었다.

"'화'는 단순한 동조압력 같지만, 엄밀하게는 달라요. 동화국에서는 사람과 사람의 마음이 자연스레 통한다는 따뜻한 의미를 지닌 말이래요. 하지만 이건 동화국 사람만이 가지고 있는 게 아니에요. 우리 안에도 분명히 있어요."

소리아가 의연한 얼굴로 유이를 봤다. 소리아가 자신의 가슴에 손을 대고 호소했다.

"뭐, 이 여자의 말대로다. 어떤 것이든 메리트와 디메리트가 있지. 유이와 가족이 입은 피해는 '화'의 디메리트라고 할 수 있다.
——그래도 네가 제거하고 싶다면 제거하겠지만."

유이가 바라면——.

루이나는 부하에게 주저 없이 포상을 준다. 그 이야기는 몇 번이고 몇 번이고 들었다.

유이는 지금까지 루이나에게 막대한 공헌을 했을 것이다. 유이가 원한다면 루이나는 이 나라의 사람들의 사고방식을 바꾼다는 터무니없는 짓도 할 것이다.

"……그건 안 됩니다. 저희의 목적은 보호입니다. 보호를 위한 희생은 마다하지 않을 것입니다. 하지만 그건 과합니다. 허용되는 일이 아닙니다."

"아니, 내가 허용한다."

"루이나 님……!"

소리아와 루이나의 의견은 대립하고 있는 듯했다.

나는 양쪽의 주장 모두 수긍이 간다.

당사자인 유이는 말없이 동화국을 바라보고 있었다.

설령 그녀가 어떤 선택을 하더라도, 나는———.

"유이 님…… 인가요?"

갑자기 누가 유이를 불렀다.

뒤를 돌아보니, 모르는 사람이 조심스럽게 몸을 움츠리고 있었다.

복장을 보아하니 동화국의 일반 백성인 듯했다.

"아아……! 다행이다……! 살아계셨군요……!"

"저흰 돌아가신 부군을 존경하고 있었습니다! 여기로 오시죠! 여기라면 가깝습니다!"

그들이 앞장서서 걷기 시작했다.

모두가 화색을 띠고 눈가에 눈물을 글썽이고 있었다.

"가보자, 유이."

뭐가 있을지는 모른다. 어쩌면 함정일 가능성도 있다.

그래도 기쁜 표정을 지은 그들이 거짓말을 하고 있을 거라는 생각은 들지 않았다.

"······응."

유이가 고개를 끄덕였고, 우리는 갑자기 나타난 사람들을 따라갔다.

잘 닦인 길을 한 발짝이라도 벗어나면 상당히 위험한 곳인데, 그들은 겁먹지도 헤매지도 않고 나아갔다. 어째 그들에겐 익숙한 토지라는 걸 알 수 있었다.

"······도착했습니다!"

금방 탁 트인 장소가 보였다.

그들 중 한 명이 '여기라면 가깝다'고 말한 곳은 이곳을 말했을 것이다.

비경에 무엇이 있는 것인가.

(——돌?)

세 개의 큰 돌이 나란히 있었다.

그 돌에는 글자가 새겨져 있었다.

무라쿠모 미나토, 무라쿠모 하나네, 무라쿠모 토츠사.

(······이름인가?)

누구의?

유이를 보면 알 수 있다.

볼에 눈물을 흘리고 있는 그녀의 얼굴을 보면 알 수 있다.

제1두임이 분명 시체가 사라졌다고 말하긴 했는데, 여기에 있었구나.

그녀의 가족은 여기에 잠들어 있던 것이다.

"이런 외진 곳이라 죄송합니다. 하지만 저희는 명복을 빌고 싶어서……!"

"설령 무라쿠모 가문이 업신여김당한다고 해도 저희는 이 묘를 보살피고 있었습니다. 저희뿐만이 아닙니다. 어디서 들었는지, 여기저기서 많은 사람이 왔습니다."

"우리의 가슴에는 미나토 님이 가르쳐주신 '화'가 있었습니다. 그래서 동화국이 어떤 심각한 상황에 빠져도 희망을 버리지 않을 수 있었습니다."

"미나토 님이 내세운 '온 세상의 사람과 손을 맞잡기 위한 화'야말로 저희의 이상입니다!"

그 해맑은 웃음은 순수해서.

유이의 가족이 얼마나 존경받았는지 잘 알 수 있었다.

"……아으…….."

유이에게서 굵은 눈물이 끝없이 뚝뚝 떨어졌다.

급기야 가냘프게 묘비에 기댔다.

어깨를 떨며 우는 유이의 머리를 루이나가 가볍게 쓰다듬었다.

"내 가슴이 아닌가. 조금 질투가 나잖나."

루이나가 작게 웃으면서 그렇게 말했다.

그 광경은 어딘지 아름다웠다.

◇

분위기가 진정된 후, 동화국의 미래에 대해 논의했다.

웨이라 제국은 지배를 호소하고, 신성 공화국은 보호를 원했다.

반항한 두임들은 웨이라 제국이 쓰러뜨렸다. 난 무소속으로 움직였지만, 사실상 웨이라 제국의 계획에 따라 움직인 거나 마찬가지다. 따라서 동화국을 제압한 것은 웨이라 제국이 되었다.

하지만 신성 공화국은 웨이라 제국의 지배를 허락하려 하지 않았다. 확실히 보호령 제안은 거절당했지만, 그래도 신성 공화국이 주도해서 동화국의 자립과 부흥을 촉진하고 싶다고 했다.

협의는 상당히 난항을 겪을 것 같았다. 하지만 아토우와 제4두임이 오면서 상황이 완전히 바뀌었다.

"——그럼, 동화국은 보호령이 아니라 신성 공화국과 동맹을 맺은 거야?"

"네. 그렇게 돼요."

난 소리아에게 일련의 흐름을 듣고 있었다.

웨이라 제국의 지배도 아니고, 신성 공화국의 보호도 아닌.

그들은 자치라는 길을 선택했다고 한다.

거기에 제약은 없으며, 어디까지나 독립국으로서 앞으로 부흥에 힘써나간다고 한다.

"근데 웨이라 제국이 용케 물러났네."

"지드 씨는 동화국에 오기 전의 해전을 기억하고 있나요?"

"물론 기억하지."

"전 자세히는 못 봤지만…… 동화국의 해군은 매우 강력해요. 그래서 웨이라 제국에 그 기술력을 제공하는 것으로 합의를 본 것 같아요."

"그런가."

동화국의 배는 마법을 흡수하거나 튕겨내거나 했었다. 상당히 재밌는 물건이긴 했지만, 루이나가 그렇게까지 흥미를 품을만한 건가?

"어차피 동화국을 지배하면 기술도 갖는 거 아냐? 루이나가 그런 조건으로 넘어가진 않았을 텐데."

"제4두임께서 교섭이 능숙하셨어요. 그리고 해군의 기술은 제5두임인 아토우 씨가 맡고 있는데, 그가 '지배당할 바에는 비전의 기술서와 함께 폭사해주마!'라고……."

"하~ 대단하네."

그러고 보니 유이의 가족을 죽인 건에서도 독주했었다. 그는 그런 성격일 것이다.

"그럼 이제 루이나가 약속을 제대로 이행하느냐 마느냐네."

"그 점에 관해서는 괜찮지 않을까요. 저희 신성 공화국도 눈을 번뜩이고 있고, 그녀도 의리 없이 조약을 깨지는 않을 거예요."

"그런가……?"

왠지 루이나에겐 잔학하고 냉혹하다는 이미지가 있다.

아니, 그 이미지도 이야기해보고 약간 바뀌었나. 특히 쿠에나를 걱정하고 있던 건 의외였고.

뭐, 소리아가 그렇게 말한다면 문제없겠지. 내가 할 수 있는 것도 없고.

"그럼 신성 공화국도 그걸로 된 거야? 보호령으로 삼는다는 이야기는 없어진 것 같은데."

"동화국이 재기불능이라 생각해서 보호령 이야기를 타진했던 것뿐이니까요. 하지만 그들이라면 괜찮을 거예요. 역병을 극복한 지금, 동화국의 재건이 이루어지고 있어요. 계획서를 봤는데 굉장해요. 예를 들면 말이죠——."

소리아가 굉장히 즐거운 듯이 이야기했다.

사람들이 행복한 모습을 보는 것이, 상상하는 것이 즐거운 것이리라.

마음속에 이래저래 안고 있는 것은 있겠지만——.

나는 진심으로 그런 그녀가 '성녀'답다고 생각했다.

◇

——유이는 동화국을 이대로 보호해달라고 부탁했다.

'화' 사상을 뿌리 뽑겠다는 생각은 사라진 듯했다.

소리아도 루이나도 그저 유이의 생각을 존중했다.

"사실, 난 유이가 어떤 선택을 해도 지지할 생각이었어."

지금은 달이 밝은 시간대다.

옆에는 루이나와 유이가 있다.

"그렇지. 넌 그런 녀석이다."

루이나가 즐겁게 웃으며 고개를 끄덕였다.

그게 어떤 녀석인데……?

루이나가 나에게 품고 있는 이미지를 잘 모르겠다.

"분명 소리아도…… 부정은 하지만 억지로 저지하지는 않았을 거야."

"그래, 그 여자도 가족을 잃었다고 들었다. 유이의 아픔을 이해하겠지. 그렇기에 유이의 선택이 얼마나 훌륭한지도 알 거다."

루이나가 유이의 머리를 가볍게 쓰다듬었다.

유이는 기쁜 듯이 미소 짓고 있었다.

우리가 그녀에게 보내는 작은 칭찬이다. 다른 나라가 보기에는 웨이라 제국이 실패한 싸움이다. 그 뒤에서 고민하면서 끝까지 싸운 그녀는 표면적으로 칭찬받을 일은 없을 것이다.

그러니 우리가 칭찬하는 것이다.

"──그런데. 난 왜 불린 거야?"

그렇다.

이 자리에 나와 유이, 루이나가 있는 이유. 그건 내가 그녀들에게 불려왔기 때문이다.

이유는 아직 못 들었다.

"오오, 그랬지. 그 뭐냐, 난 들러리이니까 신경 쓰지 마라. 인기남."

루이나가 보들보들한 손을 내 어깨에 둘렀다.

인기남……?

ㄱ 촌스러운 단어도 신경 쓰이지만, 그보다 유이가 살기를 띤 눈으로 날 보고 있다는 게 더 신경 쓰였다.

"……내가 뭘 했나?"

마치 당장이라도 나를 죽일 것 같은 눈매다. 상당한 각오가 있었다.

지금까지의 행동을 되돌아봤다. 하지만 유이를 화나게 할만한 말과 행동을 한 기억은 없다.

드디어 유이의 입이 열렸다.

"좋……아해……!"

……귀를 의심했다.

좋아해?

(그렇군……?)

말 그대로의 의미라면, 그런가. 그렇군.

"……어……어어."

큰일이다. 혀가 잘 안 돌아간다.

충격이 너무 크다.

뭐야, 유이, 그 얼굴은!

얼굴을 새빨갛게 물들여서 귀엽다. 평소의 차가운 목소리와는 다른, 부끄러움에 떨리는 작고 가냘픈 목소리.

아니아니아니, 이상하잖아 그 갭은. 이미 범죄다. 누가 단속 좀 해줘.

두근거림이 멈추지 않는다.

"어떠냐, 지드?"

히죽거리는 루이나의 반듯한 얼굴이 옆에서 나타났다.

숨을 죽였다.

(그런……거지?)

날 좋아한다는 뜻이지?

그것도 분명 남녀 사이에서 좋아한다는 의미로 호의를 전한 것이다.

"아니, 이상하잖아?! 확실히 동화국에 온 뒤로 여러 일이 있었지만……!"

"그래. 지금까지 부정당하기만 한 유이를 인정해줬고, 힘든 일도 혼자서 맡아줬다고 하지 않느냐. 그리고 결정타로 '유이가 어떤 선택을 해도 지지할 생각이었어'라고 했지. 여러 일이 너무 많지 않나?"

루이나가 엄청 즐거운 듯이 말했다.

이게 뭐냐. 지난번과 같은 미인계 같은 건가?

아니, 유이의 얼굴을 보아하니 진지하게 받아들이지 않으면 안 되는 일일 것이다. 그만큼 귀여운── 아니 진지한 얼굴이다.

하지만, 하지만. 온갖 변명만이 떠올랐다.

유이와 함께 있었던 시간은 길지 않다. 유이를 그렇게 잘 알고

있는 것도 아니다.

여기서 내가 호의를 전하면……?

갑자기 쿠에나와 실라의 얼굴이 떠올랐다. ──아아, 안 된다.

"……미안. 시간을…… 줄 수 있을까?"

마음의 정리가 안 된다.

지금까지 사람과의 관계가 별로 없었다.

금기의 숲속에서 살고, 기사단에 잡히고. 그렇게 인생의 대부분을 살아왔다.

어떻게 대해야 할지 모르겠다.

한심한 변명이다. 유이는 각오를 했는데.

"……응."

유이가 조용히 한마디를 하며 고개를 끄덕였다.

그리고 발길을 돌렸다.

정나미가 떨어진 걸까.

"동요하고 있을 테니 유이의 지금의 기분을 가르쳐주지. '언제까지나 기다릴게'다."

루이나가 후후, 하고 웃으며 내 코끝을 콕콕 찔렀다.

정말 배려를 잘한다…….

그리고 루이나가 유이의 뒤를 따라갔다. 그리고 빙글 돌아서 대담하게 웃었다.

"아아, 그렇지. 유이는 측실이다. ──정실이 누군지는 잘 알고 있겠지?"

그야 만날 때마다 몇 번이고 들었으니까…….

루이나도 자신이 있는지 나에게 한 질문의 대답을 듣지 않고 떠나갔다.

◇

그리고 자려고 돌아가는 길에 소리아와 만났다.

"지드 씨."

"소리아. 일단은 수고했다고 하면 되려나?"

"아직 할 일이 많이 있지만…… 지드 씨, 정말 감사합니다."

소리아가 머리를 깊이 숙였다.

그렇게 예의를 차리면 어색한데.

"아냐, 도움이 된 건 이동 정도잖아. 그 외에는 협력이 잘 됐는지 안 됐는지조차…….."

루이나 일행의 모습이 머리를 스쳐 지나갔다.

난 오히려 웨이라 제국 측에 가담한 거나 마찬가지다. 물론 그런 의도는 없다. 하지만 결과적으로 보면 그렇다.

"그렇지 않아요. 분명 저희만으로는 동화국 사람들을 설득하지 못했을 거예요. 지금도 웨이라 제국이 얌전히 있는 것도 지드 씨가 있기 때문이에요!"

양손을 꼭 쥐고 소리아가 열변했다.

도움이 됐다는 말을 듣는 건 솔직히 기쁘네.

"그런가. 항상 힘들어 보이는 소리아에게 도움이 되었다면 다행이야."

"힘들다뇨! 전 그저 지드 씨 옆에 설 수 있도록 그에 걸맞은 행동을 하고 있을 뿐이에요……!"

부끄러운 듯이 양손을 얼굴 앞에서 붕붕 휘둘렀다.

거동 하나하나가 부산스럽기도 하지만, 그런 면도 귀여운 건 치사하네.

"내가 보기에 소리아는 옆이 아니라 위에 있는 존재로 느껴지는데."

조금 쓴웃음을 지어버렸을까.

하지만 그건 자신을 비하하는 것이 아닌, 솔직한 내 이미지다.

"그, 그렇지는……. 저 같은 게 위라니, 주제넘은 이야기에요!"

소리아가 잘 익은 사과처럼 붉힌 얼굴을 양손으로 숨겼다.

"아니, 정말로. 난 상상도 할 수가 없어. 소리아가 무엇을 하고 있는지. 사람들을 치유하고 베풀고…… 소리아의 이야기는 많이 듣지만, 전부 너무 대단해서."

그녀의 역량은 끝이 없다.

마법을 말하는 게 아니다. 인덕이나 그녀를 생각해주는 사람들…… 대표적으로 필이 바로 그런 사람이다.

"저, 저는…… 지드 씨 곁에 있기에…… 어울릴까요……?"

소리아가 손가락 틈으로 사랑스러운 눈을 살짝 보이고 주저하면서 물었다.

"오히려 소리아 곁에 있을 수 있다면 영광이야."

이렇게 카리스마 파티로서 함께 있을 수 있는 것은 영예일 것이다. 그건 세상일을 잘 모르는 나도 잘 안다.

"……!"

펑 하는 소리가 들려올 것 같을 정도로 소리아는 손끝까지 수줍게 붉혔다.

그리고 처리가 못 따라가게 되었는지 잠시 조용히 굳어있었다.

"아, 아아아아아, 아니에요! 제, 제가 더……!"

말을 하나 싶었더니, 다시 수상한 언동으로 돌아가 있었다.

그렇게 소리아와 잠시 이야기했다. 겨우 소리아가 원래 상태로 돌아와 태연하게 이야기를 할 수 있게 된 무렵.

"……지드 씨. 언젠가 이야기해야 한다고 생각하고 있었어요."

소리아가 입을 열었다.

분위기가 상당히 무거웠다. 아무래도 얼버무릴만한 이야기가 아닌 것 같았다.

"리프 님께 들은 이야기가 있어요. 지드 씨는 여신 아스테라에게 용사로 선택받고, 전 성녀로 선택받을지도 모른다고……."

"흐음."

그러고 보니 스피가 말했었다.

그녀가 가지고 있는 성검이 나에게 반응했다고. 물론 여기에 오기 전에 실라에게 맡겨놓았지만.

그 검은 아무래도 옛날 용사의 것인 듯하다.

나에게도 용사의 적성이 있다는데.

"──리프 님은 만약 그렇게 되면, 우리 둘 다 길드를 그만두라고 했어요."

"아니…… 왜?"

"이유는 말씀하지 않으셨어요. 하지만 리프 님이니 아마 무슨 생각이 있으시겠죠."

"그냥 바빠지지 않도록 배려해준 게 아닐까……."

소리아가 아쉬운 듯이 고개를 저었다.

"그런 이유만 있는 건 아닐 거예요. 리프 님의 황금색 눈동자는…… 전혀 다른 세계를 비출 때가 있어요."

다른 세계라.

소리아가 그렇게 말한다면, 내 눈에 보이지 않는 것이 분명 있을지도 모른다.

"의외로 아무 말이나 하고 있을 뿐일지도 몰라."

그 녀석은 반쯤 장난으로 무슨 일을 저지를 것 같은 구석이 있다.

그러니 이번 일도…….

"리프 님은 예전에 용사 파티의 '현자'였던 분이에요. 그것도 역대 최강이라 불렸죠. 아무 생각이 없는 것 같진 않아요."

"진짜……?"

처음 들었는데.

그러고 보니 난 녀석을 조사한 적이 없었다. 그렇다기보다는 내가 소속되어 있으니까 길드를 파악하는 걸 미루고 있었다.

그 녀석이 현자……?

"저도 조사해봤지만, 별다른 정보는 없었어요. 그런 것보다, 지드 씨!"

소리아가 똑똑히 말했다.

"만약 저희가 용사와 성녀가 된다면, 그때는 함께 세상을 평화롭게……!"

"소리아 님~!"

그때 뒤쪽에서 필의 목소리가 들렸다.

"윽, 뭐냐. 지드도 있었나."

"있으면 안 되냐?"

"그렇진 않다. 너도 이번에는 고생 많았다."

뾰로통하게 볼을 부풀리며 무뚝뚝하게 말했다.

아무래도 지난번에 날 찾아온 뒤부터 계속 토라져 있는 것 같다. 난 아무것도 안 했는데.

"그래, 너도."

"그래서 필, 무슨 일인가요?"

"아아, 실은 약에 관한 질문을 받아서……. 지금 괜찮습니까?"

"알겠습니다. 어서 가죠."

필에게 이끌려 소리아가 발길을 돌렸다.

"──소리아."

가려고 하는 그녀를 불러 세웠다.

"아, 예."

"난 세계 평화 같은 막연한 건 잘 모르지만, 그래도 앞으로 무슨 일 있으면 불러줘."

그녀의 활동은 마음이 끌리는 데가 있다.

그래서 이렇게 불리는 건 약간 기쁘다.

내가 말하자 소리아는 기쁜 듯이 고개를 끄덕였다.

"네, 곁에 있는 자로서── 거리낌 없이 부르도록 하겠습니다."

그녀는 활짝 웃으며 그렇게 대답했다.

밤인데도 귀걸이가 반짝, 빛났다.

아침.

텐트의 너머로 비치는 빛에 눈을 떴다.

난 이제 동화국에 남은 볼일이 없다. 그러니 오늘 돌아갈 생각이다.

(……뭔가 의뢰가 있으려나.)

잠이 덜 깬 눈으로 모험가 카드를 만지작거렸다.

긴급 의뢰도 지명 의뢰도 없었다.

뭔가 재밌어 보이는 의뢰라도 찾으려고 뒤적이다── '특보'를 발견했다.

내 이름이었다. '용사'라는 글자 옆에 내 이름이 있었다.

(신탁……. 용사…….)

글자를 읽어감에 따라서 멍했던 머리가 차차 각성해갔다.

아무래도 방금 신탁이 있었던 모양이다.

마왕이 탄생하지도 않았는데 여신의 계시가 용사 파티를 점지한 모양이었다.

용사는 나라고 한다.

(리프의 예상대로인가…….)

흐아아, 하고 하품이 나왔다.

여신도 참 별나다. 난 아무것도 안 했고, 용사라는 게 구체적으로 뭔지도 모르는 남자인데.

무심하게 글을 읽던 나는 무심코 한 곳에서 눈이 멈췄다.

『——「성녀」 스피..』

리프도, 나도, 그 누구도 예상 못 한 이름이 적혀있었다.

스피는 진·아스테라교를 설립한 소녀다. 나에게 성검을 맡긴 소녀이기도 하다.

나는 퍼뜩 어젯밤에 했던 이야기가 떠올랐다.

"지드!"

노크조차 없이 (어차피 노크할 문이 없지만) 텐트 출입구가 열렸다.

들어온 사람은 필이었다.

"왜 그래, 아침부터 시끄럽게."

"소리아 님을 못 봤나?!"

필은 내 귀찮다는 태도를 무시하며 따져 물었다. 제법 심각한 상황인가?

"아니, 몰라. 무슨 일 있었어?"

"어디를 찾아봐도 보이질 않아. ……뉴스는 봤나?"

"응? ……여신이 신탁을 내렸다는 뉴스?"

"그래! 소리아 님도 그걸 보셨을 테니 걱정돼서 소리아 님을 찾았더니, 이미 어디에도 계시질 않았다!"

"……그거 걱정되네."

필의 표정은 불안을 띠고 있었다.

"방해했군!"

필은 어찌할 바를 모르겠다는 기색으로 발길을 돌렸다. 소리아가 있을 법한 장소를 찾으러 가는 것이리라.

나는 급하게 나가려는 그녀를 불러 세웠다.

"잠깐만."

"뭐냐! 난 지금——!"

"탐지 마법으로 찾았어. 근처 해안에 있어."

"해안이라고?!"

필이 영문을 모르겠단 표정이 되었다. 하지만 이유를 따질 때가 아니기에 아무런 말도 하지 않았다.

나는 그녀에게 손을 내밀었다.

"마력은 회복했으니까 전이로 가자."

"……부탁한다!"

필이 내 손을 잡았다.

시야가 밝아지며── 파도 소리가 들리는 곳으로 장소가 바뀌었다.

깎아지른 듯한 절벽 너머는 끝없는 바다.

그 절벽 끝에 사랑스러운 소녀가 서 있었다. 그녀의 복숭앗빛 머리카락이 바람에 격하게 나부꼈다.

"소, 소리아 님!"

"⋯⋯소리아."

우리의 존재를 알아차리자 소리아가 눈물을 흘렸다.

억지로 짓고 있는 웃음이 굉장히 애처로웠다.

"⋯⋯저⋯⋯ 바보 같았어요⋯⋯! 성녀가 될 수 있다고 멋대로 생각하고 있었어요⋯⋯!"

뉴스를 본 것 같다.

성녀가 되지 못한 것에 상처 입고 여기까지 온 것이다.

"그, 그건 무슨 오보일 겁니다! 분명 성녀는 소리아 님이⋯⋯!"

"아뇨, 스피 님은 성녀로 적격인 분이에요. 아스테라교를 위기에서 구한 것도 그녀예요. 포교에도 열심이셨으니 여신님의 신뢰도 두텁겠죠. ⋯⋯잘 생각해보면 당연한 일이었어요."

"하지만 대륙 제일의 치유사는 소리아 님 외에는 없습니다! 소리아 님의 활동은 스피보다 더⋯⋯!"

"⋯⋯괜찮아. 난 딱히 성녀가 되지 못한 게 괴로운 게 아니니까."

소리아가 나를 봤다.

내 얼굴은── 그녀에게 있어서 가슴을 굉장히 아프게 하는 듯했다. 소리아의 눈이 가늘어졌다.

"──오만하게도 저는 지드 씨 곁에 있을 수 있다고 멋대로 착각하고 있었어요. 그게 아니라는 사실이 무엇보다 괴로웠어요⋯⋯!"

소리아가 귀걸이를 풀었다.

내 귀걸이와 한 쌍이 되는 귀걸이다.

"미안해요, 지드 씨. 전 이걸 가질 자격이 없는 것 같아요."

소리아가 귀걸이를 바다를 향해 던졌다.

그 순간 나는 절벽 아래로 몸을 던졌다.

바다에 뛰어드는 건 나도 처음이었다.

엄청난 탁류에 몸을 휩쓸었다. 몸이 굳어서 어찌할 도리가 없다. 아니, 이건 물이 내 몸을 뭉개려 하는 것이다. 이게 바다의 감촉인가.

숨이 막히는 것을 느끼면서도 소리아가 던진 귀걸이를 찾았다. 마치 찾기를 바라는 듯이 아침 햇볕을 반사하고 있었다.

나는 귀걸이를 양손으로 꼭 잡았다.

(어라⋯⋯.)

의식이⋯⋯ 멀어진다.

바다는 괴롭구나.

이거, 어떻게 올라가면 좋지.

(아, 위험하다──.)

생명의 위험을 느꼈다.

본능이 어떻게든 해야 한다고 소란을 피웠다.

어떻게 해야——.

그때 누군가 내 팔을 강하게 잡아 해안으로 건져냈다.

"바보가! 파도가 거친데 생각 없이 바다에 뛰어들지 마라! 헤엄 못 친다고 한 건 네놈이잖나?!"

필이 날 건져준 모양이었다.

둘 다 물에 빠진 생쥐 꼴이 되었다.

"지, 지드 씨……!"

소리아가 회복 마법을 썼다.

폐에 찼던 물이 입 끝으로 약하게 나왔다.

말이 잘 나오지 않았다.

"어째서……. 제겐 그 귀걸이를 할 자격 따위는 없는데……!"

회복 마법을 유지하면서 소리아가 말했다. 마치 자신을 꾸짖는 것처럼.

지금까지 그녀는 나를 목표로 삼아 노력해왔을 것이다.

끝이 없을 정도로 자신을 억눌러 왔다. 그러니 이번 일도 사소한 계기가 초래한 폭주다.

"애초에…… 자격은 필요 없어. 난 소리아가 성녀가 아니더라도…… 이걸 달아줬으면 해."

"하지만, 제겐……!"

"어울려, 이거."

"……!"

소리아가 내 말에 눈을 크게 떴다.

왠지 모르게 그녀가 무슨 말을 하고 싶은지는 알겠다. 귀걸이를 하지 않는 편이 더 노력할 수 있을지도 모른다.

하지만.

"내 고집……이야. 그냥 소리아가 하고 있으면 좋겠으니까…… 해줬으면 해. 내 옆에 있기에 어울리지 않으니까 안 한다니……. 그런 말은 안 했으면 좋겠어."

손에 힘이 안 들어간다. 손이 잘 안 올라간다. 바다는 무섭구나.

하지만 소리아는 귀걸이를 확실히 받아줬다.

"……네."

소리아가 귀걸이를 했다.

"──어떤, 가요?"

"그래, 잘 어울려."

내 말에 소리아는 활짝 웃었다.

정말, 정말 사랑스러운 얼굴이었다. 그것만으로 바다에 뛰어든 보람이 있었다.

그리고 모험가 카드를 꺼내서 조작했다.

"지드, 뭘 하는 거냐?"

"사퇴했어."

"뭐?"

"……지, 지드 씨. 대체 무엇을……?"

"──용사."

"뭐어어어어어?!"

"어, 어째서죠~?! 저, 절 신경 쓸 필요는……!"

"아니, 용사라니, 여러 가지로 귀찮을 것 같아서 말이야."

빙긋 웃으며 대답해뒀다.

폐를 끼친 데 대한 보답이다.

그녀들의 경악은 한동안 이어졌다.

◇

일이 남은 소리아 일행과 헤어져 나만 먼저 귀환했다.

(……뭐지?)

돌아가는 길 내내 계속 사람들의 시선이 느껴졌다. 왕도 안을 걸어서 숙소로 돌아가려는 동안에도 마찬가지였다.

그들의 시선에는 명확한 적의와 모멸이 담겨있었다. 누군가는 살의까지 품고 있었다.

나는 뭔가 짚이는 구석이 있는지 머리를 굴려봤다.

하지만 아무것도 생각나지 않았다.

(딱히 뭘 건드리지는 않는 것 같은데……?)

너무 방심하고 있으면 갑자기 덤벼들 것은 분위기였다.

느낌이 너무 안 좋다.

"아, 지드……!"

갑자기 누가 말을 걸었다.

실라였다. 옆에 쿠에나도 있었다.

쿠에나가 나를 보자마자 황급히 달려왔다.

"바보야. 빨리 와!"

나는 손을 붙잡혀서 그대로 쿠에나의 집까지 끌려왔다.

"왜, 왜 그래?"

갑작스러운 일에 놀라 물었다.

한참을 달린 쿠에나와 실라는 어깨로 숨을 쉬고 있었지만 숨을 고를 틈도 없다는 듯이 입을 열었다.

"너, 용사 제안을 거절했다면서?!"

반신반의하는 듯한 얼굴로 쿠에나가 물었다.

"귀가 밝네."

"나뿐만이 아니야! 용사를 거절했다는 이야기가 온 세상에 나돌고 있다고!"

"맞아, 곳곳에서 다들 그 이야기만 하고 있어."

실라도 고개를 끄덕이며 말했다.

얼마 지나지도 않은 일인데 이야기가 벌써 다 퍼진 모양이었다.

그만큼 세상이 용사에 두는 관심이 크다는 뜻이다.

"그래서, 진짜야?"

쿠에나가 진지한 표정으로 물었다.

"어어, 진짜야."

"하아, 결국은……. 지드라면 거절해도 이상하지 않다고 생각했지만……."

쿠에나가 이마에 손을 대고 한숨을 쉬었다.

"용사를 거절하는 지드도 멋져! 내 안의 사검 씨도 기뻐하고 있어!"

쿠에나와는 반대로 실라는 기쁜 모양이다.

불길한 검이 기뻐하는 게 과연 내게 좋은 일일까.

"무슨 소릴 하는 거야! 용사를 거절하는 게 얼마나 위험한지 알고 있어?"

"왜? 그냥 거절했을 뿐이잖아?"

"하아……. 용사 선발을 거절했다는 게 문제가 아니야. 아스테라 신자들의 신경을 긁은 게 문제인 거지!"

"아스테라의 신자?"

그러고 보니 용사는 신탁을 받아 뽑는다고 했었지.

신탁을 내리는 게 여신 아스테라라는 것은 책에서 읽어서 알고 있다.

그리고 그 아스테라에게는 수많은 신자가 있다. 진·아스테라 교 사람들이 바로 그 신자들일 것이다.

그건 소리아나 성녀로 선택받은 스피도 마찬가지다.

"신자는 온순한 사람들만 모인 게 아니야. 여신 아스테라의 말씀은 절대적이라고 믿는 과격파도 있다고."

"말씀?"

"훈계라던가, 여신이 강림했을 때 한 말씀이라던가, 그리고…… 신탁도 그래."

"흐음, 그렇구나."

"신탁을 거절한 녀석은 네가 처음이지만, 상당한 빈축을 사고 있을 거야. 여기에 올 때까지 습격을 안 받은 게 신기할 정도야."

"그렇게까지?"

습격이라니.

오늘 느낀 시선 중에는 당장이라도 덤빌 듯한 시선이 있었는데, 이게 이유였나.

"그래, 그렇게까지!"

"하지만 실라는 멀쩡한 것 같은데?"

"얘는 아무 생각도 없고 아스테라 신자도 아니잖아. 신자가 아니면 적의까지 품는 사람은 적을지도."

쿠에나가 실라의 머리에 손을 얹었다.

실라는 '에헤헤'하고 부끄러운 듯이 웃고 이어서 말했다.

"내 신은 지드니까."

"변함없네……."

그게 실라의 좋은 점인가?

"아무튼, 우리는 아스테라를 신앙하지 않으니까 상관없지만, 모두가 그렇지는 않다는 말이야."

"뭐, 대충 알았어."

쿠에나는 나를 습격하려는 녀석들이 있을지도 모른다며 걱정했다.

그만큼 신탁이 중요하다는 것은 이해했다.

"'대충'으론 안 돼. 대륙에 사는 사람들은 대부분 여신 아스테라를 신앙하고 있어. 수인족도 그래. 오히려 더 과격할지도 모르지."

"그런가."

수인족은 그리 드물지 않다. 인간과 친하게 지내니까. 수인의 나라에도 길드 지부가 여럿 있으며, S랭크도 많이 배출했다.

뛰어난 신체 능력과 오감 등, 전투 면에서는 마족에게도 뒤지지 않는 부분이 많다.

"잔소리가 심할지도 모르겠지만, 용사 건은 다시 생각하는 편이 좋을지도 몰라."

"그렇게 말해도 말이지……. 애초에 용사는 구체적으로 뭘 하는 거야?"

"마왕 토벌이라던가?"

"마왕? 있었나?"

전에 봤던 마족의 퓨리가 뇌리를 스쳤다.

하지만 마왕이 탄생했다는 뉴스는 들은 바가 없다. 애초에 퓨리는 마왕이 되고 싶지 않은 것 같았다.

"지금은 없지."

"엥, 없어? 그럼 왜?"

쿠에나의 말에 실라가 의문을 제기했다.

"그건 나도 모르겠어. 애초에 이번 신탁은 이래저래 이례적인 게 너무 많아. 원래 신탁은 마왕이 태어난 뒤에 이루어지는 거였으니까. 그리고 용사를 거절한다는 이야기도 처음이야."

"아하하, 미안."

"나한테 사과해도……. 그러고 보니 성녀 선발도 좀 의외네. 나는 틀림없이 소리아 님일 줄 알았는데."

"에엥?! 소리아 님이 아니야?!"

실라가 깜짝 놀랐다.

아무래도 정말 용사 선발에 관심이 없는 모양이다.

"깜짝 놀랄 거야. 성녀로 선택받은 사람은 스피야."

"와~! 내 혜안이 드디어!"

실라가 홀로 감탄했다.

"혜안이라니, 너 뭔가 했어?"

"파티에 권유했잖아! 내가!"

실라가 무척 의기양양하게 말했다.

아니, 뭐, 확실히 그건 그렇지만……. 그건 우연히 자리에 있던 스피를 막무가내로 끌어넣은 거잖아…….

"그래서, 지드는 용사가 될 생각이 없어? 아직 마왕은 없지만, 마족과는 전쟁 중이야. 주로 웨이라 제국에서 상대하고 있지만."

"없어. 이상한 일로 바빠지는 건 싫으니까."

"뭐, 그래. 네가 그렇다면야."

쿠에나는 이러니저러니 해도 결국 내 의견을 존중해줬다. 그것만으로도 정말로 날 걱정했다는 걸 알 수 있었다.

"아! 그럼 스피한테서 맡아둔 검, 돌려줘야 하지 않을까?"

실라가 문득 그런 말을 했다.

"그러고 보니 그런 게 있었지. 돌려줄까. 어디에 보관하고 있어?"

"가져올게!"

실라가 성검이 있는 곳으로 갔다.

하지만 금방 '어라~?!'하는 소리가 울려 퍼졌다.

그리고 이쪽으로 휙 돌아왔다. 상당히 초조한 얼굴로.

"성검이 없는데~!!!!!"

진짜냐. 잃어버린 거냐.

특별장

모두 모였으니
놀아보자

The Slave of the "Black Knights" is
Recruited by the "White Adventurer's Guild"
as a S Rank Adventurer

4

길드에서는 파티를 유지하기 위해 갱신 절차가 필요하다.

그런 이유로 나는 내가 소속된 두 파티의 멤버가 한자리에 모여있었다.

내 오른쪽에는 쿠에나, 실라, 스피.

내 왼쪽에는 소리아, 필, 유이.

"스피 씨, 지난번에는 정말 감사했습니다."

크제라 왕도의 모험가 길드에서 약간 떨어진 길가.

왕래가 적은 곳에서 소리아가 가볍게 인사했다.

"아, 아뇨! 저야말로, 감사합니다!"

자주 얼굴을 마주치는 소리아와 스피는 익숙하게 인사를 하고 있었다.

'지난번'이 뭘 말하는지 모르겠지만, 그녀들의 친밀함이 엿보였다.

그리고 소리아는 내 옆에 있는 둘에게도 시선을 돌렸다.

"오랜만이에요. 쿠에나 씨. 실라 씨."

"네, 안녕하세요."

"……아, 안녕하세요."

쿠에나는 무뚝뚝하게 대답했다. 실라는 쿠에나를 방패로 삼듯이 뒤에서 얼굴만 내밀고 있었다.

왠지 '누, 눈부셔…… 이게 성녀의 오라……!'라고 말하고 있다.

소리아의 성실한 인사 차례가 드디어 나에게 돌아왔다.

하지만 동공이 나를 향했다 싶었더니 끄트머리로 벗어나고, 다시 돌아왔나 싶으면 떠나갔다.

그러고는 최종적으로 필의 뒤에 숨어버렸다.

아마 나와 하루 이틀 떨어지기만 해도 그녀는 이렇게 돼버릴 것이다.

난 이런 소리아의 움직임에 이미 익숙해지고 말았다.

소리아가 작은 소리로 '이게 지드 씨의 오라……!'라고 중얼거렸다. 정말 눈부신 듯이 손까지 써서 눈을 가렸다.

쿠에나 뒤에 숨은 실라와 비슷한 느낌이었다.

(당장 조금 전까지 같이 갱신 절차를 진행했는데…….)

그때도 당황해서 야단법석을 떨었는데, 함께 보낸 시간과 침착함은 비례하지 않는 것 같다.

"근데 보기 드문 얼굴들이네."

쿠에나가 모두의 얼굴을 둘러보면서 말했다.

"진ㆍ아스테라의 필두사제 소리아 님에, 그 호위이자 '검성'이라 불리고 있는 필. 웨이라 제국의 당당한 제1군장 유이. 길드가 알아서 갱신해주는 면면들이잖아……."

"그, 그렇지 않아요. 그쪽도 A랭크 모험가가 두 분이나 계시고, 스피 씨도 계시잖아요."

소리아가 부끄러워하면서 대답했다.

전부 대단한 면면들인 것은 변함없다.

덧붙여서 말하자면 그녀들이 나를 생략한 건 어느 쪽에도 소속되어 있기 때문일 것이다. 그렇지 않으면 존재감이 너무 없어서 눈물이 나올 것이다.

"모처럼 이렇게 모였으니 여러분과 놀아보고 싶네요."

갑자기 스피가 그런 말을 했다.

순간 정적이 찾아왔다.

"아, 노, 농담이에요. 여러분이 바쁘신 건 잘 알고 있으니까!"

"아니, 난 괜찮아."

"나도 괜찮아. 실라도 예정 없었지?"

쿠에나도 나를 따라 손을 들었다.

그리고 등 뒤에 숨어있는 실라에게 시선을 보냈다.

정작 실라는 고개를 갸웃했다.

"응~?"

"뭐 있었나?"

실라가 나를 봤다.

"지드가 있으면 예정은 없으려나."

"내가 있으면……?"

"안 듣는 편이 좋을 거야."

쿠에나가 못을 박았다.

"아니, 그런 말을 들으면 호기심이 생기는데."

"하아……. 후회할 거야."

쿠에나가 실라의 주머니를 뒤적였다.

그리고 꺼낸 것은 수첩이었다.

"뭐야, 그건?"

"지드 일기야!"

실라가 큰 가슴을 펴면서 당당하게 답했다.

쿠에나가 보충하듯이 나지막이 중얼거렸다.

"네 스토킹 일기."

"스토──."

쿠에나가 수첩을 열어 나에게 보여줬다.

수첩 안에는 나에 관한 이야기로 넘쳤다.

내가 무엇을 먹었다던가, 내가 어떤 의뢰를 받았다던가. 내가 없을 때의 방 상태까지 구석구석 적혀있었다.

등골이 오싹했다.

나도 모르게 소리아 일행이 있는 쪽으로 뒷걸음질 쳤다.

"그러니까 안 듣는 편이 좋을 거라고 했잖아."

"어어……."

탐지 마법을 상시 전개 해둬야겠어…….

아니, 오히려 지금까지 내 눈을 피한 실라를 칭찬해야 하나.

문득 뒤에 있는 소리아가 중얼거렸다.

"설마 나와 같은 짓을 하고 있을 줄은…….'"

소리아의 주머니에도 수첩이 보인 듯한 느낌이 들었다.

……이 이상은 파고들지 말자.

나는 헛기침을 했다.

"그래서 나랑 쿠에나, 그리고 실라는 예정 없어. 그쪽은 어때?"

"저와 필도 문제없어요. 유이 씨는 어떤가요?"

"응. 없어."

지금까지 나 몰라라 하고 있던 유이도 고개를 끄덕였다. 어째 그녀도 예정은 없는 모양이다.

설마 했던 모두가 예정이 없다는 결과가 나왔다.

"그래서…… 뭐 하면서 놀래?"

"수, 술래잡기…… 같은 걸 할까요?"

예상 밖의 결과가 나왔는지, 스피가 당황한 모습으로 생각을 짜냈다.

"오오, 좋네! 술래잡기!"

실라가 설레는 기색으로,

"그러고 보니 아이들이 자주 하는 모습이 보이죠."

소리아는 흥미진진하다는 눈치로,

"난 소리아 님이 한다면 참가하지."

필은 변함없는 모습으로,

"술래잡기라니…… 뭐, 괜찮지 않을까."

쿠에나도 그리 나쁘지 않은 듯이,

"응."

유이는 무슨 이야기건 수긍하고 있던 것 같은 느낌으로.

"그럼…… 술래잡기를 할까."

"와, 와우……."

예상치 못했는데 진짜로 하게 되었다.

제안한 스피도 깜짝 놀라고 있었다.

◇

장소를 바꿔서 왕도에서 더 떨어진 곳에 왔다.

지금 우리는 산나물과 약초를 캘 수 있는 숲에 있다. 마물은 출현하지 않고, 짐승들도 초식동물뿐이라 위험은 아예 없는 것과 마찬가지라 안전하다.

그렇다고는 해도 그녀들이라면 다소의 위험이 있어도 문제없을 것이다.

"그래서 술래는 어떻게 할래?"

실라가 활기찬 모습으로 물었다.

참고로 규칙은 여기에 오는 길에 실라가 설명해줬다.

"가, 가위바위보는 어떤가요? 처음 해봐요!"

소리아도 의욕이 있는 것 같다.

처음 하는 놀이에 흥분한 듯했다.

"그럼 가위바위보로! 간다~! 안 내면 진다~! 가위 바위——!"

보!

모두 보였다.

——나를 제외하고.

217

"내가 졌으니까…… 내가 술래인가?"

그 순간.

모두가 일제히 달리기 시작했다.

"지드가 술래면 큰일이다! 소리아 님, 도망칩시다!"

"아, 네!"

"나 참…… 왜 1번 타자가 너냐고!"

"왓호호~이! 날 쫓아와, 지드~!"

"꺄~! 아하하!"

어쩔 수 없지. 숫자를 셀까.

"열~, 아홉~, 여덟~, 일곱~…… 하나, 영."

일단 숫자를 세고 주위를 둘러봤다.

역시 아무도…… 어라?

탐지 마법은 쓰지 않았다. 마법을 쓰지 않는 규칙이다.

하지만 기척이 느껴진다.

이상하다. 모두 도망쳤을 텐데.

(응……?)

힘차게 뒤를 돌아봤다.

없나.

……아니.

위를 올려봤다.

유이가 나무에 매달려있었다.

"……뭐 하는 거야, 유이."

"설마 들킬 줄 몰랐어."

그렇군, 그러고 보니 유이만 도망치는 낌새 보이지 않았다.

기척을 감추는 게 특기이니 단숨에 들킨 게 의외였던 모양이다.

"웃차. 터치."

"응."

전혀 도망칠 생각이 없는 유이의 어깨를 건드렸다.

그리고 유이는 나뭇잎에 섞여들어 사라져 갔다.

일단 나도 그녀를 따라서 나무 위에서 상황을 보자.

유이는 그대로 엄청난 속도로 탐색을 시작했다.

그리고 쿠에나를 찾은 듯했다.

"……누구야?!"

"느려."

찰싹~!

좋은 소리가 났다.

"햐앗?!"

유이가 쿠에나의 엉덩이를 때렸다.

……유이가 보기에 가장 노리기 쉬운 곳이 거기였을 것이다.

다른 뜻은 없었을 거다.

쿠에나는 엉덩이를 문지르면서 유이를 노려보고 있었다.

"굳이 엉덩이를 때리지 않아도 되잖아!"

"……."

유이는 아무런 변명을 하지 않고 사라졌다.

그리고 쿠에나는 '정말……'이라며 엉덩이를 문지르면서 사냥감을 찾으러 나섰다.

그리고 실라를 찾았다.

"……술래?"

실라가 수상쩍게 여기며 물었다.

확인할 수단이 없어서 그렇게 물어보는 수밖에 없는 것이다.

쿠에나는 '응'이라며 숨길 생각도 없이 수긍했다. 하지만 계속해서 말했다.

"네가 도망가는 게 빠르다는 건 알고 있어. 그러니까 먼저 말해두겠는데, 만약 도망치면── 오늘 밤 목욕물은 끓는 물로 받을거야."

"……혀, 협박이야?! 그건 술래잡기가 아니잖아!"

"협박하면 안 된다는 규칙은 없어. 자, 단념해."

"끄으으으~! ……훗. 어설펐어, 쿠에나."

실라가 자신만만한 얼굴로 쿠에나를 봤다.

"목욕물은── 식히면 돼."

"아니……!"

아까부터 드는 생각인데, 애들은 뭘 당연한 얘길 하는 걸까.

"아듀~! 쿠에나는 얌전히 다른 사람이라도 찾아──윽?!"

아, 넘어졌다.

발치에 있는 돌을 못 봐서 실라의 발이 엉켜버렸다.

"흐에에에에~~~엥! 아파아~!"

나이답지 않은 울음이었다. 마치 아이 같았다.

쿠에나가 다가와서 실라에게 손을 내밀었다.

마치 실라를 일으켜주려는——.

"터치."

——시원스럽게 실라에게 술래를 떠넘기고 떠났다.

아무래도 쿠에나는 처음부터 실라를 넘어뜨릴 생각으로 의식을 돌린 것 같다. 꽤 하네.

"아, 정말~! 이렇게 된 이상, 전부 잡아주겠어!"

아니, 전부 잡는 건 안 되잖아.

한 명을 잡으면 술래 교대니까.

뭐, 그만큼 분발한다는 뜻이겠지.

그렇게 실라가 찾아다니길 3분 정도. 필과 소리아가 굳어있는 걸 발견했다.

"큭, 들켰나. 소리아 님은 도망치십시오! 저 녀석의 손에 닿으면 끝장, 저항하지도 못하는 채로 술래가 되고 맙니다……!"

"그럴 수가, 필! 먼저 도망쳐!"

"저기요~? 이건 그냥 술래잡기인데……. 그리고 난 술래라고 한마디도 안 했는데요~."

"뭐야. 술래가 아니었나. 괜히 당황——."

톡.

실라의 손이 필에게 닿았다.

"술래인데?"

씨익.

실라가 해냈다는 듯이 웃었다.

"젠자아아아앙~!!"

"피, 필……!"

소리아가 술래가 되어버린 필을 애처롭게 바라봤다.

"……소리아 님."

필 또한 소리아를 봤다.

소리아가 한 걸음 뒤로 물러났다.

그걸 본 필이 황홀한 표정을 지었다.

"피, 필?"

"평소엔 소리아 님을 지키는 게 제 임무지만…… 뭐랄까, 공격도 나쁘지 않군요."

필이 소리아에게 조금씩 다가갔다.

안 좋은 예감이 들었는지 소리아가 발길을 돌려 전력으로 도망쳤다.

나무를 이용하거나, 지그재그로 이동하는 등. 상당히 약삭빠르게 행동했지만, 필을 상대로는 무의미한 발악이었다.

"소리아 님, 죄송합니다~!"

필은 소리아를 터치하고 재빠르게 도망쳤다.

"으, 잡혀버렸어요."

소리아가 괴로운 듯한 표정을 지었다.

그도 그럴 것이다.

필이나 유이는 격이 다르고, 쿠에나도 실라도 A랭크다. 나도 쉽게 잡혀줄 생각은 없다.

그렇다면 남은 건······.

바스락.

초목이 흔들렸다.

""아.""

소리아와 스피의 시선이 마주쳤다.

소리아가 달리기 시작하자 스피도 도망치기 시작했다.

"거기 서라~!"

"아하하~! 싫어요~!"

상당히 팽팽한 추격전이 시작됐다.

지켜보고 있으니 마음이 훈훈했다.

그렇게 우리의 하루가 지나갔다.

후기

제4권을 구매해주서서 감사합니다. 지오입니다.

그러고 보니 '지오'라는 이름으로 생각났는데…….

서적화 회의를 할 때 '뭐라고 부르면 좋을까요?'라고 질문을 받는 일이 많았습니다.

눈치가 없는 저는 '테라오'라고 읽는지 '지오'라고 읽는지를 묻는 건가 했는데, 알고 보니 필명과 본명 중 어느 쪽으로 부를지를 묻는 거였습니다.

이게 본명인가. 필명과 구분할 것인가. 뭐 이런 거요.

당연한 일이죠. 만나기 전에 제 개인정보를 전혀 전달하지 않았으니까요.

그저 인터넷으로 메일을 주고받은 게 전부였습니다.

벌써 이래저래 1년 이상 지난 일인데, 이상하게 이 일은 뇌리에 박혀있습니다.

만나는 편집자분들이 꼭 물어보셨는데, 의도를 모르고 저는 몇 번이나 같은 실수를 반복했죠.

결국은 어느 편집자께서 무슨 말인지를 가르쳐주서서 뒤늦게 알았습니다. 정말 고마웠어요.

그럼.

유우야 선생님, 이번에도 멋진 일러스트 감사합니다! 눈이 너무 호강해서 눈이 항상 덕을 보고 있습니다!

　담당 편집자님, 몇 번이나 같은 실수를 하고 이래저래 서투르지만, 함께해주셔서 정말 감사합니다!

　그리고 관계 각처 여러분 존경합니다……!

　무엇보다도 이 작품을 읽어주시는 여러분, 함께해주셔서 감사합니다~!

THE SLAVE OF THE "BLACK KNIGHTS" IS RECRUITED BY THE "WHITE ADVENTURER'S
GUILD" AS A S RANK ADVENTURER Vol.04
©2021 Jio
First published in Japan in 2021 by OVERLAP, Inc.
Korean translation rights reserved by Somy Media, Inc.
Under the license from OVERLAP, Inc., Tokyo JAPAN

악덕 기사단의 노예가 착한 모험가 길드에 스카우트 되어 S랭크가 되었습니다 4

2022년 11월 15일 1판 1쇄 발행

저　　자 지오
일 러 스 트 유우야
옮 긴 이 박정철
발 행 인 유재옥
본 부 장 조병권
편 집 1 팀 김준균 김혜연 박소연
편 집 2 팀 박치우 정영길 정지원 조찬희
편 집 3 팀 곽혜민 오준영 이해빈
라이츠담당 김정미 맹미영 이윤서 이승희
디 지 털 김지연 박상섭
미　　술 김보라 박민솔
발 행 처 ㈜소미미디어
인쇄제작처 ㈜코리아피엔피
등　　록 제2015-000008호
주　　소 서울시 마포구 토정로222, 403호 (신수동, 한국출판콘텐츠센터)
판　　매 ㈜소미미디어
마 케 팅 박종욱
영　　업 최원석 최정연 한민지
물　　류 백철기 허석용
전　　화 (02)567-3388, Fax (02)322-7665

ISBN 979-11-384-3468-3
ISBN 979-11-384-0731-1 (세트)